Ferngelenkt von zarter Hand

Frauen, Männer, Sensationen

Dieter Nell

Illustrationen: Giedre Avard

Dorante Edition

„Erschütterung ist kein würdiges Wort für meine Empfindungen angesichts eines solchen Schicksals! Tragik wehte mich an!"

(Walter Moers, Die 13 ½ Leben des Käpt'n Blaubär)

Ferngelenkt von zarter Hand

Frauen, Männer, Sensationen

Dieter Nell

Für alle geschundenen Seelen, die die Existenzangst Tag für Tag aufs Neue an den Schreibtisch treibt, und die dennoch das Kunststück beherrschen, dem quälenden Geist ein wenig Hoffnung aus seinem Schlund zu reißen!

Gewidmet meiner Frau Billa, meinen beiden Söhnen Carl und Jacob sowie meiner Großmutter Anna Ströhmann

Bibliografische Information durch die Deutsche Nationalbibliothek: Die Deutsche Nationalbibliothek verzeichnet diese Publikation in der Deutschen Nationalbibliografie; detaillierte bibliografische Daten sind im Internet über http://dnb.d-nb.de abrufbar.

herausgegeben durch das Literaturpodium, Dorante Edition
Berlin 2021, www.literaturpodium.de
ISBN 9783753403854

Zeichnung auf der Vorderseite: Giedre Avard
Foto auf der Rückseite: Studio Leidner

Herstellung und Verlag: BoD – Books on Demand, Norderstedt

Vorwort

Aus meiner unmittelbaren Nähe zur Familie des Erzählers weiß ich, dass Dieter Nell zutiefst beeindruckt war von der Geburt seiner beiden Söhne. Die letzten Stunden der Niederkunft, in denen die werdende Mutter die beiden Originale regelrecht herbei geschrieen hatte, um schließlich die kleinen Wunder erschöpft in den Armen zu halten, trieben Keim um Keim aus den Tiefen seines Gemüts. Die Tatsache, dass die Natur ihm ein solches Erlebnis verweigerte, wollte er nicht einfach hinnehmen. Oft und oft brütete er darüber, wie und vor allem was er selbst gebären könne, bis er schließlich, nach monatelanger Schwangerschaft und schmerzhaften Wehen, dieses kleine Bändchen hervor presste, das zwar weniger vollkommen, er aber ganz sein Eigen nennen konnte.

Carl Eduard von Corth

1. Teil

Bingo Ingo

„Es gibt nix Schlimmeres, als en fleißiche Dummkopp!"

(erstmalig Charles-Maurice Talleyrand-Perigord um 1800, ca. 200 Jahre später wiederholt von Ingo Feldmann, exakt am 15. Januar 2010)

„Mit großem Arbeitseifer hat sich ein Hobbyhandwerker aus Thüringen in seinem Keller versehentlich selbst eingemauert."

(Headland Media: ,Good Morning Deutschland', Hotelausgabe vom 26. November 2010)

Ingo Feldmann heißt der neue Stern in meiner ganz persönlichen Chartliste, in der ich seit einigen Jahren alle sympathischen Zeitgenossen um die ersten Plätze ringen lasse. Immer öfter verschönt mir Herr Feldmann, meist freitags, den wohlverdienten Start ins Wochenende. Eher zufällig wurde ich auf diesen Bewunderer des weiblichen Geschlechts aufmerksam, als er nämlich eines Tages, scheinbar von anderen Zuhörern unbemerkt, auf eine unserer Angestellten einschwadronierte.

„Unn da stell dir vor, Lilo, und jezz halt dich fest", vernahm ich ihn im Geschäftszimmer poltern, „hat doch mein Opa Heinrich tatsächlich seim Sohn, also meim Vadder, noch off'm Sterwebett en Zettel vermacht, auf dem in krakeliger Handschrift, wahrscheinlich noch korz vorm Finale em Tod abgerunge, sein letzter Wille vermerkt war." Hier machte er eine kleine Pause und baute gekonnt einen Spannungsbogen auf, bevor er dieses großväterliche Testament wiehernd in die Welt posaunte. Zitternd vor Erregung glaubte ich nun Zeuge einer raffinierten Vermögensaufteilung zu werden, sah mich aber getäuscht.

„Macht's gut!" hatte der Opa Heinrich demzufolge auf den Zettel gekritzelt und so seinen letzten im Angesicht des Todes formulierten Wunsch kurzsilbig zusammengefasst. „Juhuuu, macht's gut", fegte es erneut aus dem Erben dieser tödlichen Episode und auch unsere Angestellte, Frau Karazai, krähte jetzt plötzlich vor Begeisterung und ließ zwischen ihren Zahnspangen ein zischendes ‚Unglaublich' vernehmen.

So geködert pirschte ich mich immer näher an diesen großartigen Erzähler heran, um ihm weitere Eskapaden seines Lebens zu entlocken. Ingo ließ mich auch nicht lange zappeln und verriet mir von nun an immer wieder einmal in schillernden Anekdoten seinen Hang zum anderen Geschlecht. Dabei hat er sich des Öfteren in komplizierte, kaum lösbare Situationen hinein ‚manöfferierd'. Einmal hatte er demzufolge seine Freundin, die er, wie er einräumte, mangels neuer emotionaler Herausforderungen noch ein wenig bei der Stange hielt, obwohl er sich gedanklich bereits verabschiedet hatte, zu einer Kirmes eingeladen, auf der er, gemeinsam mit seiner Combo, an diesem Abend den Ton angab. Da der Veranstaltungsort aber an die hundert Kilometer von seinem Zuhause entfernt lag, hatte sich seine Freundin eher ablehnend und dahingehend geäußert, die Gelegenheit nutzen und zum ersten Mal, ‚seit ewiger Zeit', ihre beste Freundin besuchen zu wollen. Ingo hatte daraufhin kurzerhand eine andere Gespielin, die er zur erotischen Abwechslung hin und wieder umgarnte, zum Veranstaltungsort gebeten (‚Ach waasde, Diedä, jeden Taach Rippche unn Kraut, da will mer aach emal Pannkuche oder Linsesupp'). Als VIP, quasi Backstage, wie er heiter ergänzte. Dabei offenbarte er einen millimeterbreiten Spalt zwischen seinen oberen Schneidezähnen, der ihn noch knuddeliger machte.

Im Verlaufe des ersten Sets, als er gerade feinfühlig in die Tasten griff, vernahm er am Eingang des Festzeltes seine Noch-Gefährtin, die, in Begleitung ihrer besten Freundin, verstohlen zu ihm herüber winkte. ‚Oh, oh', durchrasselte es ihn augenblicklich, ‚jezz fehlt nur noch die Anner!' Und tatsächlich, schon während der Pause, als die Künstler und ihre ‚Groupies' gemeinsam an einer der langen Tischreihen Platz genommen hatten, schob sich auch schon die ‚Linsesupp‘ durch die Zeltöffnung und schnürte zielstrebig auf meinen Helden zu. Und verstand es obendrein, sich mit wedelnden Pobacken an seiner Seite Platz zu verschaffen. Bingo Ingo!

So saß er nun eingekeilt zwischen der ‚Aa und de Anner‘ und wusste nicht so recht, wie er aus dieser Nummer wieder herauskommen sollte. Um Zeit zu gewinnen, schob er einen dringenden Toilettengang vor und nutzte den abgeschiedenen Ort zur Besinnung. Einer der Musiker, der ihm nachgeeilt war, teilte ihm mit den Worten: ‚Bin gespannt, wie de do widder raus kimmst‘, seine uneingeschänkte Neugier und Teilnahme mit.

Zurück auf der Bank hielt Ingo mehrmals die Luft an und hoffte, dass die emotionale Sensation nicht darin gipfelte, dass eine der beiden Damen ihre Hand auf seinen Oberschenkel legen oder schlimmer noch, sich ihrer beiden Hände in seinem Schoße finden würden. Also galt es sich konsequent spröde zu verhalten. Zum Glück hatte die Dame mit den älteren Rechten auf diese Nummer keinen Bock und verließ mit erhobenem Kinn und säuerlicher Miene, gefolgt von ihrer besten Freundin, entschlossen das Zelt, das ja von den Veranstaltern eigentlich zum Feiern bereit gestellt worden war. Ingo folgte schuldbewusst und begleitete die beiden Verstockten zu ihrem Auto. Im Verlauf der spärlichen Konversation konnte er schließlich die ‚Linsesupp‘ als verflossene Freundin verkaufen und so das Dilemma wenigstens ein wenig entspannen.

Nicht immer konnte er solch schwierige Situationen meistern und die noch rohen oder auch schon grob geschmiedeten Eisen hinreichend lange im Feuer halten.

‚Manchmal versteh ich die Weiwer oifach ned‘, raunte er mitunter schwermütig und ließ nicht lange auf die erklärende Anekdote warten. So ist ihm demzufolge einmal ein ‚reifer Hase‘ noch in letzter Sekunde von der Bettkante gesprungen. Ingo war bei ihr zu Hause zum Essen eingeladen und ‚es lief aach alles wie geschmiert‘. Nach dem leckeren Mahl und heiterer Konversation hatte sich das erotische Gespann zum ‚Albumgugge‘ auf die Couch zurückgezogen und alles deutete auf einen packenden Schlussspurt hin. Das Objekt seiner Begierde stellte ihm, vielleicht auch aufgrund der späten Stunde und des verkosteten Weines, eine Übernachtungsmöglichkeit in Aussicht und freudig erregt unterstützte mein Held, sozusagen in vorauseilendem Gehorsam, das zaghaft angedeutete Angebot mit dem blitzschnellen Zücken einer Zahnbürste, die er sich als weitsichtiger Eroberer vorab in die Innentasche seiner Jacke gefummelt hatte.

„Des kaam gaarned gut, Diedä", seufzte es aus ihm heraus, „mir Männer wärn all gleich, hat se gesaacht unn mich ruck zuck enaus komplimentiert!"

Aber auch nach solchen Niederlagen steckte Kollege Feldmann nicht einfach auf. Nein, er unterhielt weiterhin eine telefonische Beziehung zu dieser resoluten Frau und witterte bei einem zufälligen Wiedersehen sofort die neuerliche Chance. ‚Ei mir hawwe uns ja so lang nedd gesehn', knisterte er sogleich auf die vorübergehend außer Kontrolle geratene Beute ein, ‚es war doch immer ganz schee mit uns' und lud sie, für einen zunächst noch unbestimmten Zeitpunkt, zu sich nach Hause ein. Dieses Zuhause bewohnte er allerdings noch gemeinsam mit jener Frau, zu der er sich nicht mehr wirklich hingezogen fühlte.

Bald schon ergab sich eine glänzende Gelegenheit, als nämlich seine Mitbewohnerin (die ‚Aa' oder die ‚Anner', so genau kriege ich es nicht mehr zusammen) über's Wochenende die gemeinsame Wohnung verlassen und zu ihren Eltern in die Röhn gefahren war. Ingo wollte diese Chance nicht ungenutzt verstreichen lassen und das Eisen schmieden, so lange es ihm noch heiß erschien. Unter einem fadenscheinigen Vorwand rief er das Objekt der Begierde an und im Verlaufe des Gespräches kam der ‚reife Hase' tatsächlich auf die einmal ausgesprochene Einladung zurück. Vermutlich muss dem Waidmann der Hahn vor Aufregung getropft haben, so dass er nicht mehr die Geistesgegenwärtigkeit besaß, die Begegnung an einen neutralen Ort zu verlegen. Nein, der einmal angedeutete Besuch bei ihm zu Hause wurde nun festgezurrt.

Jetzt hieß es die Finger fliegen lassen, wie er mir mit rollenden Augen zu verstehen gab. All die Sache von de ‚Anner' irgendwo zwischen zu lagern, so dass die Wohnung bei oberflächlicher Betrachtung als Single-Wohnung erscheinen würde. Mit peinlicher Genauigkeit und dem geschärften Blick des erfahrenen Jägers ging er beherzt zur Sache und räumte alles, aber auch wirklich alles, was einen Hinweis auf seine weibliche Mitbewohnerin hätte geben können, in den Keller der gemeinsamen Wohnung. Selbst der Spiegelschrank im Badezimmer wurde von allen Flakons, Tuben und Döschen befreit. Zurück blieb außer einer gähnenden Leere lediglich Rasierzeug, Nagelclip und die bereits erwähnte Zahnbürste, die er so erfolglos gezückt hatte.

Am darauf folgenden Abend kam es dann zum erneuten Showdown. Alles war für die ersehnte Premiere vorbereitet.

„Ich hatt alles schö zerecht gemacht, Diedä, Duftkerze, Mussik unn alles", ließ er mich wissen „unn dann kam se aach." Pünktlich klingelte es an der Haustür und Ingo sauste erwartungsfroh die Stufen hinunter zur Eingangstür. In dem Augenblick, als er die Tür öffnete und der vermeintlichen Eroberung in die blauen Augen sah, wusste er, dass irgendetwas schief gelaufen sein musste. „Warum hast du mir nicht gesagt, dass du hier mit deiner Freundin wohnst", entwaffnete ihn die urplötzlich ‚In Weite Ferne Gerückte' ohne Umschweife und deutete blumig auf das Klingelschild. „Unn waasde, was da gestanne hat, Diedä", ließ er mich rätseln, um gleich darauf die Antwort selbst zu geben, „Gabriele Kahn unn Ingo Feldmann". Ich Hasehirn hat glatt vergesse, es Nameschildche ze ännern! So ungerecht kann manchmal es Leewe sei", verabschiedete er sich müde schnaufend von mir und versank lautlos in seinen Erinnerungen!

Heute Morgen lugte er durch meine Bürotür und hauchte mir gönnerhaft Leben ein. Und zwar mit dem Sätzchen: „Saacht en Metzger zum Annern …" Ohne meine Einladung zur Vollendung der Schote abzuwarten, kurvte er die berufliche Unterhaltung sogleich ins Ziel: „Ich bin ewe grad zwa Zentner Gammelfleisch losgeworn."

„Ei wie hasde dann das gemacht", fraacht da de Anner.

„Ei ich hab mich von meiner Fraa getrennt." Dabei winkte er, wie um dieses frauenfeindliche Scherzchen schleunigst zu verscheuchen, mehrfach ab und strahlte mich, seine Zahnlücke präsentierend, fröhlich an. Wie immer man über diese rüpelhafte Anekdote denken mag, ich hätte dem heiteren Flurgeist aus lauter Dankbarkeit für sein breites Grinsen am liebsten eine 50 Cent Münze in seinen dentalen Einwurfschlitz geschoben.

Das Interview

„Ein beruhigendes Gefühl von Wärme und Müdigkeit übermannte mich. Die Angst war verschwunden. Ich hatte sogar den Mut, aufzublicken und den Klabautergeistern ins Gesicht zu sehen."

(Walter Moers, Die 13 ½ Leben des Käpt'n Blaubär)

Während eines gemeinsamen Ausflugs der Bürogemeinschaft in die Mainzer Innenstadt, habe ich mich ganz nah an die Seite meines Protagonisten gedrängt und wurde dafür reich beschenkt. Zunächst waren wir zum Mittagessen in die Gaststätte und Privatbrauerei ,Eisgrub' gepilgert, um dort die nötige Grundlage für den Festakt zu legen. Zwischen allerlei Wurst- und Käsehappen lärmte plötzlich und unvermittelt der Braumeister, der am Arm eine junge Dame samt Mikrofon und Aufnahmegerät vor sich her schob, auf uns ein, ob nicht unser Tisch für ein kleines Interview des hier ansässigen Rundfunks Rede und Antwort stehen könne. Er, der Braumeister, werde dafür selbstverständlich ein paar Biere springen lassen. Während sich die Feiglinge unter uns augenblicklich wegduckten, andere, mit der Aussicht auf ein gesponsertes Schwarzbier, hin- und hergerissen schienen und reglos verharrten, hatte mein Held bereits die Bereitschaft zur Mitarbeit signalisiert und seinen Kopf artig in Richtung Mikro geneigt. Korrespondierend mit den nahenden Bieren wurde auch schon die erste und einzige Frage bezüglich Qualität und Geschmack des hier an Ort und Stelle gebrauten Schwarzbieres gestellt.

„Jaa, doch, ja", konstatierte Herr Feldmann mit kritischem Blick und sog, nachdem er den Krug von allen Seiten in Augenschein genommen hatte, einen kräftigen Schluck der schwarzen Brühe in sich auf. All seine Tischnachbarn schauten jetzt gebannt auf den Schwarzbier Revisor und auch die Dame der Rundfunkanstalt führte ihr Mikrofon noch näher an den Ort der Prüfung heran.

Gekonnt dehnte der Allrounder die Zeit, bevor er endlich seinen ersten Eindruck publik machte: „Es geht enunner wie Öl, iss würzich unn doch ned ze herb!" Hier hielt er inne, nahm einen neuerlichen Schluck und kaute die schäumende Lösung ein wenig durch, bevor er weiter ausführte: „Schö malzich unn klebt aach ned am Gaume! Kei bissche, rejelrecht saftich!"

„Nass?", hakte Herr Wambold nach und hatte damit die Lacher auf seiner Seite.

„Achtung, Füß hoch, Freunde, der Witz kommt flach!", schwenkte Herr Feldmann souverän das Zepter, um gleich darauf sein Urteil zum Abschluss zu bringen: „Ja, kann mer so saache, es perlt schön am Gaume und iss aach ned se süß. Doch, ja", neigte er sich nach vorn und wechselte dabei zweimal in beachtliches Hochdeutsch, „es könnte eine Königin unter den Narkosemittel wern!" Chapeau, Ingo, mein Prinz! Trefflicher hätte man die Hörerschaft des Senders nicht in Kenntnis setzen können!

Auf dem anschließenden Weg zum Weihnachtsmarkt passierten wir eine Parkanlage, die Herr Feldmann kurz entschlossen für eine

Pinkelpause nutzte. Während er sich mit allerlei Gegrummel der ‚Königin der Narkosemittel' entledigte, streifte sein Blick sinnierend über die Fensterfront einer gegenüber liegenden Wohnanlage. Die unzähligen Wohneinheiten, die ihr Licht stimmungsvoll in den dämmrigen Park warfen, schienen ihn zu inspirieren und als er nach einer kleinen Ewigkeit, mir war etwas unwohl bei dem öffentlichen Toilettengang, nestelnd Hemd und Hose richtete, überraschte er mich mit dem Ergebnis seiner Betrachtung: „Ich meecht ned wisse, wie viele leere Versprechunge sich da jezz groad gemacht wern!" Unfähig kompetent zu antworten grunzte ich in den vorgeschobenen Kragen meiner Jacke und augenblicklich wurde mir wohlig warm ums Herz!

Ich hoffe inständig, dass mein Kollege noch lange aus seinem Fundus schöpft und mir mit seinen Episoden und aktuellen Betrachtungen aus der Umklammerung des grauen Arbeitsalltags hilft. So wie gestern, als er mir, gewärmt von einer Tasse Kaffee, von den Feierlichkeiten zum Jahreswechsel 2000 berichtete. Zu diesem famosen Ereignis waren Ingo und die „Anner" eigens nach Berlin gereist, wo sie Gäste einer zweifelhaften Veranstaltung unter dem Motto ‚Märchennacht' waren. Hierzu mussten alle geladenen Gäste Märchenkostüme tragen, vielleicht um sich unter dieser phantastischen Maskerade noch hemmungsloser dem beabsichtigten Treiben hingeben zu können. Gefühlvoll hatten sich die Beiden als Hänsel und Gretel verkleidet und erwartungsfroh den Ort des Gelages aufgesucht. Die Gastgeber, allesamt Mitglieder eines offenbar intakten nachbarschaftlichen Verbundes, hatten sämtliche vier Etagen eines Wohnhauses für die Festlichkeiten geschmückt. „Ach, Diedä, des war de Hammer. Die Wohnung von der Bekannte, die mir do hawwe, war wie en Salong. Hohe Decke un rode Tapete un mitte drin e Klavier, da haww ich später noch e paar Songs zum Beste gegewwe." Diese Bekannte, die sich als Räuber Hotzenplotz (‚mit angemalde Bart un so') kostümiert hatte, offenbarte Ingo im Laufe des Abends, zunächst noch zögerlich, ihre uneingeschränkte Zuneigung. Gegen Morgen, als der Jahreswechsel und der Zenit des Festes längst überschritten waren und alles ‚drunner und drüwwer' ging, drängte sie meinen Helden im Rahmen einer Wohnungsführung ins Badezimmer und versuchte ihn mit wilden Küssen gefügig zu machen.

„Un da bin ich dann schwach worn", raunte er sinnierend, schloss kurz die Augen, wohl um die Erinnerung vor seinem geistigen Auge wieder auferstehen zu lassen. „Ruck, zuck, warn mir en Knäuel, die war so scharf wie e Rasierkling Ich konnt mich gar ned wehrn, hab dann awwer noch es Letzte verhinnert, un wass e Glück, als mer aus em Bad kaame, stann die ‚Anner' schon vor de Dier un hat mich angeraunzt! Wie ich aussehn tät, hat se gesaacht. Ich wusst erscht garned, was die gemeint hat; dann bin ich noch emal zerrick vorn Spieschel un da hab ichs dann gesehe! Ich hat es ganze Kinn un die Backe verschmiert, rawelschwartz, vom Bart vom ‚Hotzeplotz! Ach Gott, iss die ‚Anner' ab, ich sach der weiter nix!"

Später, nachdem die Trennung von der ‚Anner' endgültig vollzogen war, ist Hänsel noch einmal auf die Offerte vom Räuber Hotzenplotz zurückgekommen und hat dieses fabelhafte Geschöpf in sein Märchenreich nach Hause eingeladen. Der Erzählung zufolge muss es dort zum Äußersten gekommen sein und sich die Bekannte als gierige Liebhaberin erwiesen haben. „Die ging ab wie Schmidts Katz! Ich hat ja kei Möwel mehr in de Wohnung, die ‚Anner' hat ja alles mitgenomme. Nur en Bettkasste war mer gebliwe, da gings dann drin rund. Die hat so gekrische, dass sich mei Mudder owe im Bett, die Ohrn zugehallte hat!"

„Das gibt's doch nicht", ließ ich sofort Zweifel am Wahrheitsgehalt der Geschichte aufkommen, obwohl ich die ehrliche Haut meines Helden schätzen gelernt hatte und außerdem wusste, dass seine Eltern die Wohnung über ihm bewohnten!

„Ei, mein Vadder hats mer verzählt", erwiderte er überzeugend, „mei Mudder hätt sich immer die Ohrn zugehallte, wenn die unne so gekrische hat!"

„Awwer letztlich wars dann doch nix", schloss er dieses Kapitel seiner Biographie und gab mir zu verstehen, dass dem nichts weiter hinzuzufügen sei und er gerne noch ein Weilchen mit seinen geistigen Bildern allein sein wolle. Ein letztes Mal schnaubte ich fassungslos und verabschiedete mich dankbar von diesem Gefolgsmann der Erotik.

Anfang des neuen Jahres beging Herr Feldmann einen runden Geburtstag und war sich auch nicht zu schade, zu diesem feierlichen Ereignis im Büro zu erscheinen, um die Belegschaft mit seinen Betrachtungen zu erheitern. Ich hatte zu seinem ‚Großen Tag‘ ein Fotoalbum mitgebracht, um ihm zwei ‚Last Minute Angebote‘ des hiesigen Heiratsmarktes anzupreisen, da es meinen Freund jetzt doch, wie er mir tags zuvor zu verstehen gegeben hatte, in einen sicheren Hafen drängte. „Da hatt ich emal e klasse Mädche, awwer wies halt so iss: die Weeche laafe sesamme un aach widder ausenanner. Die hätt ich vielleicht halte solle, es Mandy, die war wirklich goldich!
„Warum hast du sie denn laufen lassen“, hakte ich nach und wollte mir noch mal einen kleinen Nachschlag holen. Ich erinnerte mich genau, dass er mir darüber schon einmal berichtet hatte.
„Ei das hab ich dir doch bestimmt schon emal verzählt“, zeigte sich Ingo im Vollbesitz seiner geistigen Kräfte, „die hieß doch Hodenberg mit Nachname! Stell dir das doch bloß emal vor: Mandy Feldmann, geborene Hodenberg! Was maansde was do losgewese wär, bei uns im Ort. Und dann hat se aach in Dresden en gute Job angebote gekried un da iss se dann widder enüwwer! Zerück in de Oste“, gab er Einblick in seine geographische Kompetenz. „Un ich hab doch hier dehaam mei Eltern wohne und alles. Die kann ich doch ned oifach allein lasse. Sonst wär ich jo vielleicht mit enüwwer. ‚Schockobärche‘ hat se als immer zu mer gesaacht, weil ich doch so gern Schockolaad esse tät!“
Vielleicht auch weil sie dir ab und zu mal die Unterhosen mitgewaschen hat, wehte es mir von irgendwoher zu, aber ich unterdrückte diesen boshaften Reflex.
So kauerten wir vor seinem Schreibtisch und der heiratswillige Schöngeist stellte mir Fragen zu den beiden abgebildeten Offerten, die offenbar sein Interesse geweckt hatten. Während der Werbekampagne fiel mein Blick auf einen an seinem Aktenschrank

den oberflächlichen Blicken verborgenen Wandkalender und ich erlaubte mir die Frage, woher er dieses erotische Werk habe.

„Ach Diedä, ich verstehs selbst ned. Guck emol hier, hier hab ich noch so e Ding", ließ er mich wissen und fingerte aus seiner Schublade ein Bündel Lesezeichen mit halbnackten Fotomodellen. „Des hawwe se mer letzt Jahr zum Gebortstaach geschenkt, des gibts doch ned, die glaawe wohl, ich wär so en dummgeile Specht", echauffierte er sich und ließ mir ausreichend Zeit, um mich erfolgreich gegen einen aufkeimenden Lachreiz zu wehren. „Saach emol, siehst du mich aach so? Ich hab doch ned nur des Aane im Kopp. Was glaawe die dann all? Was soll dann die Susanne do von mir denke?", fragte er rhetorisch in den Raum und reckte sein Kinn in Richtung des gegenüberliegenden Platzes, von wo aus ihn seit geraumer Zeit eine attraktive Kollegin betörte, die aber heute nicht anwesend war. „Ich bin doch kein dummgeile Bock! Awwer werklich ned!"

„Nein", bestätigte ich ihn, „dumm bist du wirklich nicht" und blätterte auf die nächste Seite, um ihn auf andere Gedanken zu bringen.

Heute früh als sich wieder einmal eine lähmende Resignation andeutete, vielleicht ausgelöst durch die Schrecken der Welt oder das nasskalte Wetter, suchte ich zielsicher meinen Kollegen und Heiler auf, um in seinem Büro ein wenig Zuspruch oder gar Erhellung zu finden. Ingo befand sich gerade in der Vorbereitung eines wichtigen Telefonats, wie er mir mit sorgenvollem Blick und eindeutiger zu Ordnung rufender Geste zu verstehen gab. Er hatte bereits die Nummer gewählt und studierte eine vor ihm liegende Akte, die offensichtlich seine ganze Konzentration erforderte. Mit sorgenvoller Miene legte er seine Hand über die Muschel, blickte kurz auf und zischelte nur: „Das is de Becker von de Degussa, waasde, weje dem Ding do, dem ..." Weiter kam er nicht, denn offenbar hatte sich jetzt jemand gemeldet.

„Guten Tach Herr Feldmann, hier is Becker", dröhnte er in die Muschel, um sich gleich darauf selbst einzubremsen: „So en Quatsch, Endschuldichung, ich mein natürlich umgekehrt, hier is

Feldmann, Herr Becker, mir hatte doch gestern schon emal üwwer die Sach do, weje dem Ding do ..."

Weiteres musste mir leider verborgen bleiben, weil sich mein Zwerchfell verkrampfte und einen derartigen Innendruck aufbaute, dass sich meine Gehörgänge augenblicklich verschlossen.

In L.A.

„Wenn jemand zu uns kommt und uns erzählt, auf dem Mond wachsen Erdbeeren, beginnen wir sofort, ihn davon zu überzeugen, dass dies doch nicht möglich sei, anstatt uns zu fragen, warum ihm solch Absonderliches einfiele, unsere Aufmerksamkeit zu erlangen.“

(Sigmund Freud)

„Wer fährt denn jetzt eigentlich alles mit zum Betriebsausflug?“ fragte Herr Wambold in die Runde, die sich ein wenig unmotiviert im Geschäftszimmer zusammengefunden hatte und nagte dabei akribisch an dem verbliebenen Rest eines Apfels. Wegen dieser besonderen Essenstechnik, bei der Herr Wambold auch regelmäßig kleine Partikel Speichel und Apfel ausspuckt, wird er hinter vorgehaltener Hand auch gerne ‚Schpupfel‘ genannt.

„Mindeschtens schwölf Schtück!“ ließ sich Frau Karazai durch ihre Zahnspangen und voller Vorfreude auf dieses jährlich wiederkehrende Ereignis, vernehmen.

„Lilo, wenn ich dir emal an der Stell was saache darf“, richtete sich plötzlich Herr Feldmann, der eben noch vor sich hin zu dämmern schien, in seinem Stuhl auf: „Von Mensche, lieb Lilo, spricht mer niemals von Stück“, belehrte er die Vorzimmerkraft und schob gleich darauf geschickt ein Rätsel nach. „Man vermenschlicht ja aach kaa Tiern, außer vielleicht im Westerwald, wo mein Schwaacher jezz lebt!“

„Wieso?“ bohrte ich erwartungsfroh.

„Ei, das kann ich euch saache. Am Wochenende war ich bei meim Schwaacher, also meiner Schwester, also in Lange Aubach, das iss do in der Näh von Herborn, im Westerwald, wer des kennt, ich waas ja ned? Egal, off jeden Fall kimmt do Sonntaachs morjens plötzlich die Nachbarin erenn und ruft: ‚Heinz‘, so heest mein Schwaacher, ‚komm emol schnell erüwwer, auer Hinkel (Hühner) soi mit oacht Mann bei uus em Goarde!‘

„Ich kann ja dene ihrn Dialekt ned so richtich nachmache, awwer das war de Hammer, mir iss bald de Kuche aus de Nas gekomme! Verstehsde jezz, Lilo, was ich mein?" Frau Karazai schaute eine Weile irritiert in die Runde, um schon bald darauf zu resümieren: „Ich verstehe jetsch gar nichtsch mehr, Ingo!"

„Ei dann kann ich der aach ned helfe, Lilo", ließ der ‚Hüter des deutschen Sprachguts' noch einmal sein Lebenslicht auflodern, um bald darauf schon wieder in sich zusammenzusacken und uns unseren eigenen Gedanken zu überlassen.

Nein, Gottlob, die Freude war noch nicht vorüber! Dieses ‚Insichzusammensacken', muss bei meinem Liebling einen weiteren Impuls freigesetzt haben. Unvermittelt schraubte er sich hoch und ließ uns sogleich ein weiteres Mal an seiner Gedankenwelt teilhaben.

„Von dene Leut aus Lange Aubach, was aach das ‚L. A. (Ell Äj) des Westerwalds' genannt werd, gibst e paar schöne Geschichte. Mein Schwaacher, de Heinz, verzählt mir als immer emal, was do so los iss.

Da iss zum Beispiel emal en Bauer aus Lange Aubach mit seiner Kuh zu em annere Bauer gekomme un hat se decke lasse wolle. Da hawwe die Zwaa die Kuh in de Stall gebracht, in so e Box, un hawwe dann de Bulle geholt. Un als der Bulle grad so von hinne off die Kuh offsteiche wollt, un jezz hör weg, Lilo, da hat sich die Kuh mit em Bobbes zur Seit un an die Wand gedrückt.

Da hawwe se de Bulle widder neu ansetze müsse. Un widder is die Kuh mit ihrm Bobbes zur Seit, ganz dicht an die Wand dran. Widder un widder ging das so! Un da hat dann der Bauer, der den Bulle hat, den annere Bauer, der die Kuh hat, gefraacht: ‚Saa emol, Kall, ess dej Kow aus Breitscheid?'

‚Jo, dej ess aus Breitscheid!' hat der anner Bauer geantwort. ‚Woher waasde das doa?'

‚Ei mei Fraa iss aach aus Breitscheid!'

O wie schön ist deine Welt,
Vater, wenn sie golden strahlet!
Wenn dein Glanz hernieder fällt
und den Staub mit Schimmer malet ...!

Diese wunderbaren Zeilen des Dichters Karl Gottlieb Lappe, die im Jahre 1825 von Franz Schubert musikalisch veredelt wurden, wallten wogend in mir auf, als ich nach der Pointe und einer Weile der Andacht, wie aus einem Traum erwachte und mich plötzlich und unvermittelt in der glückselig dahin kringelnden Runde wiederfand.

Soeben erwischte ich meine Muse, als er eine neue Abbildung an seiner sogenannten ‚Brehm'schen Pinwand' befestigte. Eine Elefantenspitzmaus! Das possierliche Tierchen hängt nun friedlich neben einem Siebenschläfer und einem madegassischen Fingertier. Selbstverständlich konnte ich mir die Frage nach seiner Beziehung zu den abgebildeten Tieren nicht verkneifen.

„Ei waasde, Diedä, ich kann die Viecher oifach gut leide. Guck doch emol, wie goldich die aan aagucke, mit ihrn Knoppaache", schwärmte er mir zu. „Obwohl aam so Viecher aach ganz schö off de Geist gehe könne!", relativierte er kurz darauf und ließ mich auch nicht lange im Ungewissen: „Ich hab nämlich grad Ärscher mit em Maulwurf, bei uns dehoam im Gadde. Des iss en Workaholic, der gräbt de ganze Rase um. Ich hab schon alles möchliche probiert. Außer Gas, nadierlich! Ich will enn jo ned umbringe, den Kerl! Lebendfalle, Wasser, alles! Kannste vergesse! Fuffzich so Hüchel hat der bestimmt offgeworfe, da siehste kaum noch de Rase!" Erst das Telefon unterbrach ihn in seinen Ausführungen und hätte er sich mit: „Feldmann, Zoo Frankfurt", gemeldet, hätte ich es vermutlich nicht angezweifelt.

Aber Ingo kann auch äußerst streng werden, nämlich dann, wenn Dinge aus der Bahn zu drohen geraten. Wenn beispielsweise die Akten, die von ihm mit peinlicher Akribie auf seinem Schreibtisch ausgerichtet wurden und so ihrer Bearbeitung entgegen dämmern, von anderen Mitarbeitern eingesehen und nicht ordnungsgemäß zurückgelegt werden. Manchmal erlaube ich mir die Freude und verändere diese Ausrichtung kaum merklich, um anschließend mit seiner Zimmerkollegin, Frau Mangold, zu wetten, ob die Attacke auf diese Grundordnung seine Beachtung finden wird. In solchen Momenten kann der liebenswerte Ingo selbst zum Tier werden.

Da hat er dann so gar nichts mehr von einem possierlichen Siebenschläfer sondern mutiert binnen Sekunden zu einem tasmanischen Teufel. Das bekam auch schon ‚Schpupfel' zu spüren.

Bodo Wambold, ein ebenso liebenswerter, wenn auch etwas nachlässiger Kollege, den in unterschiedlichen Bahnen stets zwei, drei Obstfliegen geschäftig umkreisen und so seiner verschlafenen Art

etwas Spannung verleihen, gilt in Kollegenkreisen als Fachmann für Einsparungen aller Art. Ja, er würde sogar, so wird hinter vorgehaltener Hand behauptet, bei Flohmarkthändlern Treuepunkte sammeln. Dieser sympathische Knauser, der wie bereits erwähnt, auch gerne Schpupfel genannt wird, hatte also in Ingos Abwesenheit an dessen Schreibtisch Platz genommen und sich, einige Kekse verspeisend, angeregt mit Frau Mangold unterhalten. Nun muss es während dieser Unterhaltung zu erhöhtem Krümelflug gekommen sein. Jedenfalls war dies Ingos wildem Gezeter zu entnehmen, der nach seiner Rückkehr den Schreibtisch und die darauf ruhenden Akten verbröselt vorgefunden haben muss und daraufhin den Kollegen Wambold streng maßregelte. Freilich in dessen Abwesenheit! „Naa, das iss doch e Sauerei, der soll doch an seim eijene Schreibtisch muffeln, das Krimmelmonster, ei es is doch woahr! Alles, awwer aach alles verbröselt! Jezz kann ich hier erst emal widder Ordnung schaffe", grummelte er übellaunig vor sich hin, wie mir Frau Mangold später mitteilte und begab sich umgehend an die Instandsetzung.

Noch am gleichen Tag habe ich eine freundliche Abbildung des original Krümelmonsters aus der ‚Sesamstraße' neben Elefantenspitzmaus und Siebenschläfer an seiner Pinwand befestigt und so ein wenig besänftigend auf den aus der Fassung geratenen Zoologen einwirken können.

Gleich dem Morgennebel, der sich träge aus den Wiesen erhebt, stieg heute Früh eine bange Wehmut in mir auf, die mich geradewegs in die Arme meines Kollegen drängte, um dort Belangloses auszutauschen und mich für die bevorstehende Arbeitswoche einzustimmen. Ich glaubte, meinen Augen nicht zu trauen, als ich den Heiler mit verschlossenen Augen, tief in seinen Stuhl gesunken, vorfand. Seine Füße, die von mütterlichem Strickwerk gewärmt wurden, hatte er sozusagen als Kontergewicht auf der Schreibtischplatte abgelegt. Hatte er sie noch alle? War er jetzt völlig durchgeknallt?

„Komm nur rinn, Diedä", stellte er blinzelnd klar, dass er sehr wohl bei Trost und Sinnen war. „Ich tu mich grad sammele. Montaachs brauch ich als länger, bis ich voll do bin und tu mich so e bissche gedanklich moddiwiern!"

„Dachte schon, du hättest eine schwere Nacht hinter dir, aber mir geht's montags meist ähnlich", zeigte ich mich verständnisvoll.

„Awwer, do debei kanns aach schon emal passiern, dass ich voll oidusel! Hock dich hie, ich mach gleich en Kaffee. Das is mer nämlich emal an meim letzte Arweitsplatz passiert!" Dankbar nahm ich die Platzanweisung an. War ich doch sicher, dass sie belohnt werden würde.

„Ja, warum denn?" lockte ich und war gespannt, was jetzt kommen würde.

„Ei, da muss ich weiter aushole, Diedä. Hab ich dir schon emol verzählt, dass ich mei Träum steuern kann?"

„Nein, nie", antwortete ich wahrheitsgemäß.

„Ei, wann ich im Bett lieche unn was Blödes träume tu und wern do devon wach, dann mach ich die Aache grad widder zu und steuer den Traum in e anner Richtung, verstehsde, unn träum dann was Schönes."

„Ja und weiter, wie hängt das mit dem alten Arbeitsplatz zusammen", versuchte ich ihn auf Kurs zu halten, aber er kam bereits von selbst wieder zurück zum Thema.

„Ei ja, als ich do in der Ferma emol morjens mei ,Andacht' gehalde hatt, sei ich voll weggeduselt, awwer so richtig! Plötzlich hör ich, wie die Dier offgeht und jemand erein kommt und ich mach die Aache nur so en ganz winziche Spalt off und seh mein Abteilungsleiter vor meim Schreibtisch stehn. Der kam sonst nie zu mir ins Büro, ausgerechnet an dem Morje ..."

Jetzt war ich in höchstem Maße gespannt: „Ja und was hast du gemacht?"

„Ei ich hab versucht, den Traum noch schnell se steuern unn hab die Aache grad widder zugemacht. Da war awwer nix mehr mit steuern, der stand immer noch devor und wollt wisse, ob ich heut noch emol zu mer käm. Ich hab dann was von Kobbschmerze verzählt und das es mer gar ned gut ging. Ja, das tät er sehn, hat er gesaacht un wanns mer widder besser gehn tät, sollt ich emol zu em komme. Dann iss er enaus un hat die Tür hinner sich zugeknallt. Später hat mich de Alfons, mein annern Chef, zu sich gerufe unn hat gesaacht, dass das gar ned gut gekomme wär", schloss er das Kapitel Traumsteuerung und wandte sich der Kaffeemaschine zu. Ich war aber dank dieser Sternstunde des Traumtänzers bereits hellwach und brauchte eigentlich kein Aufputschmittel mehr!

„Kimmsde nachher aach noch mit? Mir wolle nach em Dienst noch off en Schoppe en de Schiersteiner Hafe!", lockte mich Ingo, nur um sich gleich darauf selbst die Antwort zu geben: „Ei klar kimmsde mit, do sitzt mer gut unn die Bedienung iss aach freundlich! De Volker unn de Bodo komme aach mit." Die Besetzung versprach Kurzweil und so willigte ich schließlich ein, obschon mich ein gewisses Unbehagen beschlich. Eigentlich scheute ich solche außerdienstlichen Veranstaltungen und lebte treu nach dem Sinnspruch: Dienst ist Dienst und Schnaps ist Schnaps! Und das sollte man, wenn möglich, nicht vermischen.

Kaum hatten wir Platz genommen und in die Nachmittagssonne geblinzelt, als auch schon die Herren Görzel und Wambold angeradelt kamen. Volker Görzel trug, passend zu seinem Rennrad, ein „Gelbes Trikot" sowie hauteng Radlerhosen. Die sportliche Kombination sollte wohl glauben machen, dass er schon einmal die ‚Tour' gewonnen hatte. Seine Füße steckten in grell leuchtenden Funktionsschuhen, die er auf den Pedalen des Sportrades arretiert hatte. Lederne Pulswärmer und eine Kappe, deren Schild er lässig in den Nacken gedreht hatte, rundeten den sportlichen Anblick ab.

Im scharfen Kontrast zu der professionellen Aufmachung des Musterknaben radelte Herr Wambold auf einem alten Damenfahrrad konkurrenzlos hinterher. Allerdings beeindruckte er mit einer großen Plastikblume, die an der Lenkstange befestigt war und sich freundlich im Fahrtwind drehte. Nein, sie, die Plastikblume, diene nicht der Stromversorgung seiner Schlussleuchte, sondern einzig und allein der Steigerung seines seelischen Wohlbefindens, erklärte er auf Nachfrage. Man müsse sich auch einmal etwas gönnen. Ich war beeindruckt, diese Geisteshygiene hatte ich dem Preisfuchs nicht zugetraut. Sollte ich ihn all die Jahre unterschätzt haben?

Kaum hatten die beiden Platz genommen und bei der Bedienung ihre Bestellung aufgegeben, sprudelte es auch schon aus dem Blumenliebhaber heraus: „Komm, Ingo, erzähl noch e Geschicht aus L. A., dann schmeckt es Weize noch besser!"

Wie meist, ließ sich der Entertainer nicht lange bitten und kleckste ein wenig Sahne auf die Streusel unserer After Work Party. „Hab ich euch schon emal was vom Ausländerwohnheim in Lange Aubach erzählt?", hob er schwungvoll an und schaute fragend in die ihm jetzt zugewandte Runde, nahm noch rasch einen Schluck aus seinem Weizenbierglas und ließ sich schließlich selbst von der Leine: „In dem Heim war, wie mein Schwaacher, de Heinz, mer verzählt hat, aach emal en Inder unnergebracht. Waasde so en Sikh, die kennsde doch? Die sich ned rasiern, un immer so en Turban offhawwe!", wandte er sich jetzt gezielt an Herrn Wambold, als ob er sich zunächst dessen ethnologischen Kenntnissen versichern wollte.

„Kenn' ich, kenn' ich!", zeigte sich der Preisfuchs sofort auf Ballhöhe.

„Ja, un so Aaner stand emal owe off em Balkon von dem Wohnheim und hat sein Gebetsteppich oder Läufer ausgeschüttelt. Mit so ruckartige Bewechunge", imitierte er jetzt gestikulierend den Mann vom Volkstamme der Sikhs, um ja nicht die Pointe zu vermasseln. „Un unne off de Gass stand so e Bäuerche von Lange Aubach un hat dem do debei zugeguckt. Nach err Zeit, wie er den so beim Ausschüttele betracht hat, hat er dem dann zugeruufe: „No, wej doa, springt e ned uua?" (Springt er nicht an?) Noch bevor der Erste unserer Runde dieses Scherzchen in seiner ganzen blödsinnigen Schönheit erfassen konnte, wieherte Ingo auch schon los und dankte vorab dem Schöpfer für diese gelungene Pointe: „Allmächticher, das muss mer sich emal bildlich vorstelle!" Endlich hagelte es von allen Seiten dröhnenden Beifall und Ingo saß glücklich glucksend im Kreise dieser fröhlichen, ja von ihm erlösten Runde.

Nach wenigen Tagen der Flaute hatte Käpt'n Ingo endlich wieder alle Segel gesetzt. Und zwar erschien er bedeutungsvoll in schwarzem Zwirn und erklärte, er müsse am Nachmittag zu einer Beerdigung; sein früherer Gitarrist und Sänger sei nach langer Leidenszeit verstorben. „Ach, Diedä, ich sach ders, ich waas gar nedd, was ich zu den Eltern saache soll! Der Alex war echt en feine Kerl, was hatte mir 'n Spass, awwer jezz is gut, dass er gestorwe iss. Am liebste tät ich sei Eltern fraache, ob se mir sei Textbuch vermache täte. Awwer ich glaab, ich kanns ned! Das wär e schö Erinnerung. Der Alex konnt ja koi Englisch, waasde, da hawwich dem alle englische Lieder, die merr so in unserm Programm hatte, phonetisch offgeschriewe. Damit er se richtich ausspreche konnt. Waasde, aach all die Name von de Künstler un so. Für sei Ansaache! Da hat er dann zum Beispiel gesaacht: ‚Jezz hört ihr von de Maraja Kärrie das Lied: Wissaud juu‘ oder ‚Jezz spiele merr von de Schennifer Rasch ihrn Hit: Pauer off Laaf‘. Unn dann stand in seim Textbuch so was wie: ‚Se wissbers in se morning, off lawwers slieping taid, aar rolling in se sander, nau äss ei luck in juhr eis‘. Des glaabsde doch nedd, oder!? Unn das Buch wär doch e schö Erinnerung, awwer ich glaab, ich kanns nedd, ich schaffs nedd, die das se fraache. Vielleicht später, wenn emol Gras driwwer ... oder besser gesaacht, üwwer ihn gewachse is!“

Gerade wollte ich meinen Liebling verlassen, weil ich vermutete, dass er für heute sein Pulver verschossen hatte, da wurde er durch den herein stürzenden Kollegen Görzel noch einmal aufgeheizt. „Guude, Ingo, ich brauch von dir unbedingt noch ein grobes Lagebild für Zweitausendundzehn, für das ‚Strategie-Meeting‘! Zahle, Fakte, Prozessabläuf, etc.“, lärmte dieser Störenfried in die bedächtige Stille und riss damit den am Schreibtisch Sinnierenden aus seinen Erinnerungen. „Es wäre hochnotpeinlich, wenn die Kollegen nächste Woche in Wien und damit meinte er die anderen Konferenzteilnehmer, das wissen wollten und ich nichts in der Hand hätte!“, ergänzte er kurzatmig und war schon wieder verschwunden. „Hochnotpeinlich, der Quatschkopp“, schraubte sich Ingo aus seiner Rückenlage, „der Volker nimmt sich immer se wichtich, der waas doch gar ned was ‚hochnotpeinlich‘ iss, der Depp. Jezz kann ich sehe, wie ich off de letzte Dricker die ganze Zahle zesamme krie. Hochnotpeinlich sinn ganz annere Sache!

Was gibtsen eichentlich heut Mittach in de Kantien?“ Mit dieser schnörkellosen Wende schüttelte er die Störung kurzerhand aus Hemd und Hose und wandte sich dem Wesentlichen zu.

„Einen großen Salatteller, irgendetwas Asiatisches und Grünkohl mit Pinkel“, antwortete ich und ergänzte hoffnungsfroh: „Kommst du mit?“

„Nee, lass emal“, beschied er resigniert.

„Warum, geh' doch mit, ist doch für jeden was dabei", versuchte ich ihn umzustimmen und hoffte auf ein wenig Unterhaltung beim Essen.

„Ach geh fort: Grase will ich nedd, asiatisch iss aach nedd meins und mit Grünkohl unn Pinkel kannsde mich jaache!"

„Wieso das denn", erkundigte ich mich näher nach seiner resoluten Abneigung."

„Ei, da davon bin ich traumatisiert", versuchte er sich meiner Umklammerung zu entziehen, aber ich hatte bereits die Nase im Wind und witterte eine seiner spritzigen Episoden. „Ei, wann de mitgehst zum Italiener erzähl ich dirs!" Schon war ich in meine Jacke geschlüpft und ihm, verlockt von dem angekündigten Einblick in sein Erdendasein, in die Pasta Bar gefolgt, wo er ächzend Platz nahm und ein alkoholfreies Hefeweizen in Auftrag gab. Nachdem er einen hastigen Schluck geschlürft hatte, zwängte er auch schon den ersten Satz hervor.

„Das bleibt awwer unner uns", schwor er mich einleitend auf absolute Diskretion ein, bevor er endlich die Spannung zu lösen begann. „Ei, mei Oma, hat das früher aach immer mal gemacht", entpackte er zunächst verschlüsselt die in ihm rumorende Geschichte.

„Was, gemacht", wurde ich ungeduldig.

„Ei, Grünkohl unn Pinkel!"

„Ja und?", bohrte ich unnachgiebig weiter.

„Ei, dass is mir emol ganz schö zum Verhängnis geworn; ich hatt nämlich emal e Zahnarzthelferin im Aache (zunächst klang es in meinem Ohr wie ,in Aachen', sollte aber tatsächlich ,im Auge' heißen) und da hab ich merr emal, nur um die kennesellerne, e paar Termine gewwe lasse, zur Paradonthosebehandlung, verstehsde, das stand sowieso an?"

Natürlich verstand ich überhaupt nichts und sah mich gezwungen, ihn in meinem Verhör noch härter ranzunehmen. „Was bitte, hat denn Kohl und Pinkel mit deiner Paradonthose zu tun!", glaubte ich ihn sortieren zu müssen.

„Ei warts doch ab, es kommt jo gleich. Mir hatte nämlich abends devor bei meiner Oma Grünkohl unn Pinkel gegesse und hatte aach e paar Schnäps da dabei getrunke. Am nächste Morje hatt ich dann den Paradonthose Termin. Unn als ich do so off dem Stuhl laach, hatt ich, unn dass kannstde de mer glaawe, Diedä, Schmerze wie ungescheit, vor lauter Blähunge, fürchterlich! Unn an Erleichterung war nedd se denke, wann de verstehst was ich mein? Wenn ich do ahn hätt fahrn lasse, wärs ausgewese bevors üwwerhaabt angefange hat. Ich also gekämpft unn gepetzt, wie der Dokter und die Anner do an mir rimm gemacht hawwe. Waasde wie das iss, e Pradonthosebehandlung?"

Nein, ich wusste es nicht, aber mein Freund, der seine Höllenqual noch einmal mimisch aufbereitete, ließ mich nicht lange in Unkenntnis. Jetzt war er im Redefluss und nichts konnte ihn aufhalten. „Die Geräusche sinn aafach ekelhaft", jonglierte er beim Adjektiv kurzerhand ins Hochdeutsche, bevor er erneut in seinen Heimatdialekt verfiel. „Das Schaabe und Kratze, unn glaabsde, ich hatt Schiss, dass se mich vielleicht nedd richtich betäubt hawwe könnte, unn da dazu die hölle Blähunge, ich war klatschnass geschwitzt. Wie Krämpf, waasde? Irgendwann is mer dann aaner rausgerutscht! Ich glaab zwar geräuschlos, ich konnts ja nedd werklich hörn, weje dem Schaabe und Kratze, awwer mit Schmackes! In dem Moment wusst ich sofort: Jezz is es aus! ,Gehts?', hat de Dokter gefraacht unn die Anner hat mich sogar e bissche agegrinsd. Ich hab tapfer genickt, obwohl ich wusst, dass de ,Count Down' schon lief. Die letzte Zahle, von Five bis Siro, hab ich gedanklich mit enunner gezählt. Aach Gott, war das peinlich, Diedä, ich kann ders gar nedd saache. Als die Granat sich in dem warme Raum entfallt hat, wars mucksmäuschestill und de hast nur noch de ,Schwarze Engel' durch de Raum schweewe hörn. Ich wär am liebste im Erdbode versunke. Ich konnt nur noch die Aache zumache und alles um mich erum ausblende."

Der letzte Satz des Gedichtes ,Die Nebensonnen', aus Schubert's ,Winterreise', flatterte mir noch durch den Kopf: ,Im Dunkeln wird mir wohler sein ...' Dann baute sich in meinem Kopf ein solch mörderischer Druck auf, dass ich mich gezwungen sah, umgehend sämtliche Ventile zu öffnen. Mitleidlos und unaufhaltsam brach sich das innerliche Vergnügen über das tragische Missgeschick des Freundes Bahn.

Gottlob fiel der Granatenexperte bald darauf in mein Prusten ein, stammelte noch ein „Das, Diedä, verstehsde, is hochnotpeinlich! Na ja, so ungerecht kann jedenfalls manchmal es Leewe sein", und so kugelten wir gemeinsam noch eine Weile dahin, bevor uns die Pflicht wieder zurück an die Arbeit rief.

Als wir uns nach der Mittagspause zu einer Besprechung im Geschäftszimmer eingefunden hatten und gemeinsam auf Herrn Bert und die bleierne Schwere, die sich zu dieser Tageszeit gerne einstellte, warteten, war es einmal mehr Ingo, der die Energie aufbrachte und für ein wenig Leichtigkeit sorgte.

Mit den Worten: „Ach, da fällt mir noch e schö Geschicht ein, von dene Leut aus L.A", knackte er geschickt die Schale des Schweigens, die sich über uns Dösende gelegt hatte. „Der Dialekt is ja ned ganz oifach se immitiern für en normale Sterbliche awwer das hatt ich ja schon emal gesacht. Die verschiedene Laute wern nämlich bei dene von ganz tief unne enoff an die Owerfläch geholt. Quasi aus em Enddarm! Auf jeden Fall klingts e bissche so. Manchmal, wenn mein Schwaacher so red, denk ich als: Hoffentlich geht nix verschütt!"

„Also", eröffnete er abermals die schon angekündigte Anekdote der Menschen aus dem Westerwald: „Es Lisbeth is emal widder durch L.A. marschiert, als se off de Gass die Erna trifft. „Saa emol Erna, goaud, derr aich daich treffe, aich hu gehört, das du gesaad hättst, mein Karl hörr en Pickel uam Sack!" (Sag mal Erna, gut, dass ich dich treffe, ich habe gehört ...)

„Das huun aich ned gesaad!", widersprach die Angeklagte energisch.

„Das hättst du gesaad! Doas ess mer su verziählt worn!", blieb Lisbeth hartnäckig.

„Das huan aich ned gesaad, Lisbeth, em Leawe ned!", wiederholte Erna erneut ihre zuvor gemachte Aussage. (Das habe ich nicht gesagt, im Leben nicht!)

„Doch, das hättst du gesaad. Gäbbs doch zoa!" (Gib' es doch zu)

„Aich hu das ned gesaad, Lisbeth, glaab mersch doch! Das Aanziche was aich vielleicht gesaad hu kinnt ...", hier nun begab er sich ganz in die Rolle der Erna, verzog das Gesicht zu einer missmutigen Grimasse und drehte dabei die Hände, als wolle er gleichzeitig zwei Glühbirnen einschrauben, bevor er Erna's Aussage endlich ins Ziel jonglierte, „... es foild sich su ua!" (Es fühlt sich so an!)

Um diese Pointe in ihrem derben Charakter noch ein wenig zu unterstützen, entblößte er augenblicklich seine Wunderwaffe und spreizte die Mundwinkel. „Iss doch de Hammer, gelle?", versicherte er sich verantwortungsbewusst unseres Verständnisses und erst als er ringsum die ersten Groschen fallen sah, fiel auch er in das jetzt tobende Johlen und Schnaufen ein: „Nedd se glaawe, gelle?" Da nahte auch schon der Silberrücken.

Einer inneren Stimme folgend hatte ich mich kürzlich wieder einmal in das Büro meines Erlösers begeben und fand diesen in seligem Austausch mit Frau Mangold und Herrn Wambold. Die Türe war leicht angelehnt und die kleine Runde hatte sich geschickt den Blicken der anderen Werktätigen entzogen. Die Kaffeemaschine schnorchelte zufrieden vor sich hin und verströmte den einladenden Geruch frischen Kaffees. Offensichtlich hatte das Dreigestirn seine Arbeit ein wenig vernachlässigt und es sich bei gesellschaftlichen Betrachtungen gemütlich gemacht.

„Na, das sieht aber nett aus", tastete ich mich vorsichtig in den trauten Zirkel und bat um Integration. Gerade konnte ich noch hören, wie Herr Feldmann den Einzelhandel in seiner Heimat ein wenig beleuchtete und kommunalpolitische Interna zum Besten gab. „So iss das, Bodo, unn ned anners!", schloss er seine Ausführung und zeigte sogleich, dass er keinen Widerspruch dulden würde. Wahrscheinlich hatte der Preisfuchs zuvor mit einer unqualifizierten Bemerkung seinen Unmut erregt, da er ihn namentlich ansprach und Frau Mangold gänzlich verschonte. Ob ich denn auch einen Kaffee wolle, wandte er sich schließlich an mich, seinen treuen Gefolgsmann.

„Was ist wie? Ingo, erzähl'!", hängte ich mich, die Frage ignorierend, an die letzten Worte seines Vortrags und hoffte, damit den Informationsvorsprung der Anderen aufholen zu können.

„Ach, Diedä, ich saach ders, mir hattes grad von de Emigrande un den besonnere Eichenheite von dene. Ich hab ja nix geeche die Leut, jeder soll sein Platz hawwe im Lewe, awwer so e bissche müsse se sich schon einfüche in unser Gesellschaft! Bei uns do owe, im Nachbarort, hawwe die Auslänner die ganz Hauptstraß verschandelt, mit ihrn abstruse Geschäftsmodelle", präsentierte er sich in Plauderlaune und beschied meine Bitte nach näherer Erklärung der Geschäftsideen der fremdländischen Einzelhändler mit den Worten: „Ach, hör off, ich saach dir weiter nix! Manche von dene glaawe, se könnte mit Schrott Geld mache! E halb Johr später iss dann de Räumunsverkauf und en Annere üwwernimmt den Kram unn tut en gleich mit enei nemme sei eiche Sortiment. Was die alles zesammestelle, in ihrn Geschäfte, das is so unstrukturiert, da fehle mir die Worte. Wirklich! Ei Geschäft hat zum Beispiel Sportzeuch, Krummsäbel und Deppiche. Es nächste meintweeche Bilderrahme, Sishapfeife und Pokale."
„Klingt doch ganz liebenswert", versuchte ich ihn ein wenig zu besänftigen, aber mein Bemühen wurde humorlos abgewiesen: „Geh fort, de Nächste hat Handies und gleichzeitich Mineralie im Angebot, un wann de richtich in die Ecke gucke tust, hawwe se aach noch ‚Seltene Erden'", übertraf er sich selbst und verriet mit diesem Fazit sowohl seinen Scharfblick als auch ein umfassendes Verständnis der einhundertachtzehn chemischen Elemente.

„Mensch, Diedä", räusperte er sich soeben grußlos, als ich ihn beim Studium der Tageszeitung überraschte, die er an seinem Schreibtisch vor sich ausgebreitet hatte. Herr Wambold saß in der anderen Ecke des Raumes, an dem einzigen ‚Stand Alone Rechner' des Arbeitsbereichs und durchforstete, wie üblich zu dieser frühen Stunde, die Seiten der verschiedenen Internethändler, um und darin war er wahrhaft meisterlich, die besten Sonderangebote und Restposten ausfindig zu machen. Der Welt völlig entrückt schaute er auf den Bildschirm und hielt dabei seinen Zeigefinger tief in der Nase verborgen. Offensichtlich kramte er dort nach Verwertbarem.

„Wenn ich die Zeitung so les", sinnierte Herr Feldmann, von den Ereignissen am ‚Stand Alone Rechner' unbeeindruckt, „kanns eim üwwel wern. Wie die", und damit meinte er zweifellos den Geldadel bzw. deren Management, „de Leut in die Tasche greife, do könnt merr widder zum Reweluzzer wern! Des iss doch e Sauerei! Manche Leut müsse zwaa, drei Jobs gleichzeitig mache, nur um se üwwerlewe! Unn die Bosse und all die annern Hohe Herrn verdiene Millione im Jahr! Millione! Das hatts früher so nedd gegewwe!"

Beinahe geriet er außer Atem bei seiner Anklage. „Ich war ja auch emal aktiv, das is awwer schon vierzich Jahr her. Da hatte mir bei uns dehaam im Ort e politisch Grupp. Juchendgrupp hawwe mir die genannt, nur um ned offzefalle. Mir hatte in unserm alte Rathaus in Kirdorf unsern Treffpunkt. Das warn noch Zeite, Diedä, ich saach ders! Mer hawwe die ‚Internationale' gesunge, demonstriert wos ging und geglaabt, die Weltrevolution ständ direkt vor de Tür. Am Wochenende hawwe merr Molotov Cocktails gebastelt und bei de Bahnbrück in Limburch an de Beton geschmisse. Quasi, fürs Finale geprobt. Des hatt vielleicht gefackelt! Die Leut im Dorf hawwe uns ganz argwöhnisch beluurd (belauscht). Die hawwe uns nedd getraut un geglaabt, mir gehörn zu err terroristisch Zell.

An aam Awend kam dann de Vadder von meim Kumpel Günter in unsern Grupperaum, das war en Sudetedeutsche, hatt korz an die Tür gekloppt, sein Kobb enei gesteckt, mit em gekrümmte Zeigefinger gewackelt, un zu meim Kumpel, also seim Bub, nur korz gesaacht: ‚Komm, Ginter, komm!' Do musst der mit heim, wahrscheinlich ins Bett, anstatt Revolution se mache. Na ja, so iss es dann nix worn mit em Umsturz! Sonst gäbs heut vielleicht kaan Ackermann oder Middelhoff, un wie die Pappsäck all heiße, also ned in so Positione, mein ich natürlich!" Nach dieser Ausführung sank er ein wenig in sich zusammen und überließ mich ganz der Betrachtung dieser Erinnerung aus seiner Partisanenzeit.

Herr Wambold, der den Monolog offensichtlich nicht verfolgt hatte und gänzlich abwesend wirkte, verschwand mit einem voll gekritzelten Zettel leise durch die Tür. Wahrscheinlich hatte der Preisfuchs ein atemberaubendes Schnäppchen entdeckt und zog sich nun in seinen Bau zurück, um den Triumph auszukosten. Und so sah auch ich keinen Anlass mehr, die Gastfreundschaft des ehemaligen Revolutionärs noch länger in Anspruch zu nehmen und schlich mich gleichfalls von dannen.

Der Abschied schmerzte umso mehr, da ich wusste, dass Ingo noch heute einen zweiwöchigen Urlaub antreten würde und ich von Stund' an, quasi von gutem Geist verlassen, den Ödnissen unserer Behörde trotzen musste. Nun blieben mir nur noch Frau Mangold und Schpupfel, die Zweit- und Drittplazierten in meiner Chartliste. Aber und dies möchte ich an dieser Stelle nicht unerwähnt lassen, bemühten sich die beiden redlich, mir die Abwesenheit meines Trösters erträglich zu machen. Ich zählte die Tage, die träge dahin trieben und ertappte mich dabei, wie ich regelmäßig den Schreibtisch meiner Nummer Eins aufsuchte, nur um mich ein wenig in seinen Drehstuhl plumpsen zu lassen und die Pinwand hinter seinem Schreitisch noch genauer zu studieren. So versuchte ich wohl, ihm während seiner Abwesenheit nahe zu bleiben, ja, vielleicht sogar noch tiefer in ihn vorzudringen.

Check-in

Endlich hatte Ingo's Urlaub ein Ende. „Buon Giorno", streckte er seine Nase in mein Büro und ich erkannte sofort, dass ihn eine heitere Grundstimmung vor sich her trieb. „Mensch Ingo, schön, dass du wieder da bist!", lockte ich ihn auf den freien Stuhl vor meinem Schreibtisch und umgarnte ihn mit der Aussage, wie sehr er doch von den Kolleginnen vermisst worden sei. Es drängte mich die Hoffnung, auf diese Weise etwas Anregendes aus ihm herauszuholen.

„Und wie war es in Italien?", nahm ich ihn sofort an die Kandare, aber Ingo riss sich mit den Worten los: „Wart en Aacheblick, ich will erscht emal mei Dasch verstaue unn mer en Kaffee mache, dann komm ich!" Und schon verschwand er auf dem Flur. Die Tür ließ er offen stehen und bedeutete mir, zwischenzeitlich keine weitere Unterhaltung anzufangen. Kurze Zeit später legte er sich vor mir ab und platzierte eine Tasse mit der Aufschrift ‚Cafe Mio' auf meinen Schreibtisch. „Aach Diedä, ich saach ders, das war schon klasse do unne", quoll es einleitend aus ihm hervor, „des Esse, die Cafes, de Wein unn aach die Fraue, awwer du kennst das ja, die hawwe oifach e anner Lebensart do em Süde. Awwer de Hammer iss mer gleich beim Abfluch passiert, do in Hahn, im Hunnsrück, off em Fluchhaafe. Mei Freundin war jo mit, un die iss widder nedd fertich geworn dehaam und da kame mer schon ze spät an. Egal, jedenfalls warn die Passagiern schon all engestieche unn de Käpt'n hat quasi nur noch off uns Zwaa gewart. Mir also schnell die Bordkarte geholt unn ab zur Sicherheitskontroll. Die ‚Anner' vorneweg unn ich hinnerher. Dann gings nachenanner durch die Sicherheitsschleus, kennsde doch, das Ding do, zum Durchleuchte von de Passagiern!" ‚Das Ding do' präzisierte er gestikulierend, in dem er beide Hände hoch über seinem Kopf von sich weg nach außen reckte und sie dann geradewegs nach unten fallen ließ, wo sie in Kniehöhe noch einen Moment verweilten.

„Unn es kam wies komme musst! Ich hatt Schuh an, mit so Stahl-kappe vorne drin unn da hat das Gerät plötzlich angefange ze piebe. ‚Ziehen sie bitte ihre Schuhe aus und stellen sie sie hier rein‘, saacht so Aaner von dene Kontrollettis zu mir unn hält mer so e Plastikbox unner die Nas. Unn ich Dappes hatt verstanne: ‚Ziehen sie ihre Schuhe aus und stellen sie sich hier rein!‘ Ich ahnte schon, was jetzt kommen würde, sperrte mich aber noch gegen die na-hende Erkenntnis und umklammerte vorsichtshalber die Armleh-nen meines Stuhles.

„Ich also die Schuh ausgezooche unn mich in die Box gestellt. Da guckt der mich völlich fassungslos an unn fraacht, ob ich en ver-arsche wollt!“ An dieser Stelle verlor ich jegliche Haltung und jaulte sirenengleich auf. Ich stellte mir noch meinen Liebling vor, wie er

ein wenig desorientiert in seiner Schachtel stand, die Arme zur Durchsuchung artig nach oben gewinkelt und weitere Anweisungen des Sicherheitspersonals erwartend. Dann verlor ich, glaube ich, für einen Moment die Besinnung. Was genau, glaubte er wohl, würde passieren? Dass man ihn aus der Schachtel heraus direkt auf seinen Platz in der wartenden Maschine oder noch besser, direkt an seinen Zielort beamen würde? Was ging in diesem Hirn vor? Waren solche Fehlzündungen therapierbar? Ich wusste mir keine Antwort, schüttelte mich wie ein nasser Hund und holte mich durch tiefes Ein- und Ausatmen in die Gegenwart zurück.

„Florentinische Nächte, du Italia, bella!", intonierte Herr Feldmann noch vor der Frühbesprechung diesen unvergesslichen Tango aus der Feder von Nico Dostal. Wonnetrunken schwappte es aus ihm heraus und erregte bei einigen Kollegen die vage Hoffnung, dass am Ende doch noch alles irgendwie zum Guten gereichen könne. Bei dem einen oder anderen vielleicht auch nur Neid und Missgunst. Aber aus ihren Stuben trieb es fast alle, um dass Timbre des selbstvergessenen Tenors zu bestaunen. Einzig Herr Wambold verharrte wie angedübelt auf seinem Stuhl vor dem Rechner und hangelte sich durch die Internetseiten der verschiedenen Baumärkte. Wahrscheinlich suchte er gerade nach einem günstigen Akkuschrauber oder auch einem ‚Zweikomponentenkleber', zum Preis von einem.

Noch im Verlaufe desselben Tages sollte ich Zeuge des Unsterns werden, der seinen Schatten immer wieder einmal über meinen Liebling warf. Das Sprichwort von den singenden Vögeln, die am Abend die Katze holt, erschloss sich mir eindrucksvoll. Aber der Reihe nach!

Für das diesjährige Sommerfest im Hofe unserer Behörde hatte sich Ingo ein wenig herausgeputzt, wie Frau Mangold auffiel. Vor einiger Zeit hatte er mir schon von einer neuen Kollegin aus der Nachbarabteilung berichtet, die offenbar das schwelende Feuer in ihm entfacht hatte. Seinen Erzählungen zufolge hatte er die besagte Kollegin bereits des Öfteren in der gemeinsamen Teeküche gestellt und in Gespräche verwickeln können und glaubte, auch bei ihr einen zarten Funkenflug erkannt zu haben.

„Die grinst mich immer so von de Seit an, Diedä, kennsde das? Ich kanns gar ned richtich beschreiwe, awwer es mäct mich als ganz wuschich!"

„Dann lade sie doch mal zu einem Kaffee ein", gab ich ihm den wohl dümmsten aller Ratschläge.

„Ich wart einfach emal ab, ob se heut Mittach zum Fest komme tut, vielleicht ergibt sich da was, ohne dass ich selbst ‚proaktiv' wern muss, wie de Häbbädd jezz saache tät!"

Nachdem zum frühen Nachmittag hin die ersten Bratendüfte und Lärmfetzen durch die offenen Fenster wehten, drängte nun auch Ingo zum Aufbruch. „Komm Diedä, das mir noch en gute Platz krieche!" Gerne folgte ich seiner Aufforderung, hatte doch das Sommerfest plötzlich eine ganz neue Brisanz bekommen. Dass ihm ein guter Platz bei seinem Vorhaben am Herzen lag, konnte ich natürlich verstehen und so folgte ich ihm erwartungsfroh die Stufen hinab in den großen Innenhof.

Es hatten sich bereits etliche Partygäste im Schatten der großen Kastanien eingefunden und zu meiner Freude entdeckte ich auch Herrn Wambold, der sich bereits an den Preistafeln der einzelnen provisorisch errichteten Stände orientierte und uns gestikulierend zum besten Angebot lotste. Schnell hatte sich eine harmonische Gruppe zusammengefunden und einige Äppler hinabgestürzt. Nicht so mein entflammter Tenor, der sich zwar treu an meiner Seite hielt, der aber nicht wirklich bei mir war. Immer wieder sah ich ihn von einem auf das andere Bein balancieren und den Kopf käuzchengleich in die Runde recken. Endlich sah er, was er sehen wollte. Sofort zogen sich seine Mundwinkel nach oben und präsentierten die vertraute, Gott geschenkte Zahnlücke. Einige von uns folgten interessiert seinem Blick und sahen, wie die Küchenbekanntschaft in luftigem Kleidchen und wehenden Haaren geradewegs auf uns zu schwebte. Eine wirkliche Augenweide, die jetzt sogar ihre Arme auseinander breitete und dazu einnehmend lächelte. Zum Niederknien! Diesem Gravitationsreiz konnten nur schwerelose Geister widerstehen und so stand Ingo wie paralysiert. Nur seine Arme erhoben sich wie an Schnüren gezogen im neunzig Grad Winkel vom Körper und breiteten sich schließlich ganz aus. So verharrte er eine kurze Weile. Ob er dabei die Augen geschlossen hielt, konnte ich nicht erkennen, da ich ebenfalls gebannt auf die auf uns zu kommende Elfe starrte. Schon war sie an uns vorbei und einem Kollegen aus der Personalabteilung um den Hals gefallen. Ingo stand einige Sekunden regungslos, ehe er sich zur Besinnung zwang und die Arme langsam löste und herunter nahm.

Das war einer der peinlichsten Momente seines Lebens, wie er mir später anvertraute. „Das war, Diedä, als wenn de mitte im Winter in die Hose pinkelst. Das is nur im erschte Moment warm! Es wär ja aach zu schön gewese! Ach Gott, war das peinlich!", wandte er sich direkt an die allerhöchste Instanz und fügte vorwurfsvoll hinzu: „Ich Knallkopp, warum konnt ich ned die Händ unne lasse?"

Zur Verschleierung der gerade erlittenen Demütigung blieb Ingo noch einige Zeit tapfer bei uns stehen und schlich sich dann beinahe unbemerkt vom Ort des Geschehens. Aber später, und das ehrt diesen Kämpfer für mehr Liebe unter den Menschen, konnte auch er darüber herzlich lachen.

„Ach waasde, Diedä, ich waas jo ned", mit dieser grandiosen Antwort retounierte Herr Feldmann, nach einer langen, anekdotenfreien Periode, meine Frage, ob es denn irgendetwas Neues zu erzählen gäbe. „Ich könnt dir emal was von de verschiedene Wahrnehmungsfilter, die mir all hawwe, verzähle!" Gespannt wie ein Flitzebogen nahm ich im Drehstuhl von Frau Mangold Platz, die mal wieder anderswo zu schnattern hatte und ersehnte die angekündigte Feldmann'sche Betrachtung. „Es iss nämlich so, dass mir ja all in verschiedene Welte leewe", schoss es sogleich aus ihm heraus. „Je nachdem was de Einzelne fürn Wahrnehmungsfilter hatt. En Angler zum Beispiel läft an keim Angelgeschäft vorbei ohne enei ze gucke. Du unn ich, mir täte das Geschäft wahrscheinlich gar nedd bemerke, verstehsde? Weil mir en annern Wahrnehmungsfilter hawwe. An em Musikgeschäft bleiw ich dadefür garantiert hänge! Na ja, un zu dem Thema is mer neulich was passiert, das war nedd ohne!"

„Ich war mit de Gabi, in em große Möbelhaus, die wollt sich e neu Couch kaafe. Plötzlich war se fort! ‚Das gibts doch gar ned‘, haww ich noch gedacht, ‚wie vom Erdbode verschluckt.‘ Ich hinner her, durch die viele Gäng un alles abgesucht. Nix! Da les ich auf einmal owe e Schild: ‚Stilecke‘. Das war die Lösung. Die Gabi liest nämlich gern emal e Buch oder e Zeitschrift un kann sich dadebei völlig vergesse. Da muss se drin hocke! Ich also de Vorhang offgerisse un enei, wollt schon losleeche, von weeche ‚Ei Gabi, du kannst doch ned‘! Da seh ich aach schon de Irrtum vor mir hocke. Drei Weibsleut mit ihre Kinner und all hawwe se die Bubus drauße un warn am Stille. Verstehde, Diedä, das war kei Stileck, das war e Stilleck. Awwer ich hatt mit meim Wahrnehmungsfilter tatsächlich Stileck gelese! Ach Gott, war das unangenehm! Ich offm Absatz erum und nix wie ab! De Gabi hab ich awwer hinnerher was verzählt, von weeche mich so oifach stehe se lasse, mitte im Möbelmarkt, ohne e Wort ze saache.“

„Da konnte doch die Gabi nichts dafür“, wollte ich ihr noch rasch zu Hilfe eilen, als mich Herr Feldmann auch schon mit den Worten: „Ach komm her, Diedä, geh fort“, kurzsilbig und verwirrend zugleich mundtot machte.

Ich muss an dieser Stelle einmal etwas loswerden und ich hoffe, Ingo verzeiht mir diesen despektierlichen Gedanken: Manchmal, wenn er mich an seiner bizarren Erlebniswelt teilhaben lässt, und ich ihm treu ergeben in die blauen Augen schaue, umschleicht mich die Ahnung, dass dort, hinter den Fenstern seines Daseins, zwar stehts ein Licht brennt, tatsächlich aber keiner zuhause ist.

„Wenn der Feldmann bei Ihne aufkreuzt, Frau Karazai, soll er gleich emal ‚nach hinne‘ komme“, hörte ich die Stimme unseres Zampanos aus dem Geschäftszimmer schnarren und spürte, wie eine ahnungsvolle Neugier von mir Besitz ergriff. Herr Bert, unser Bereichsleiter, der in seiner Abwesenheit nur ‚Herbert‘ genannt und bei Anwesenheit meist gemieden wird, hatte das Ventil geöffnet und verschaffte sich zischend Erleichterung: „Und der Wambold soll gleich mitkomme!“

Mit ‚nach hinne‘ war das Eckzimmer am *Ende des Ganges* gemeint, das wegen seiner Lage von den geographischen Wieseln unter uns auch ‚Indien-Zimmer' genannt wurde und Herrn Bert als Büro und Wohnstatt diente. Kurz nach dieser verbalen Böe stand auch schon Frau Karazai, der gute Geist unseres Geschäftszimmers, in der Tür und bleckte mit den Zahnspangen: „Wischen Schie, wo der Ingo ischt? Er scholl gleisch mal zu Herrn Bert kommen und den Wambold scholl er auch mitbringen." Nein ich wusste es nicht und hatte ihre Ansprache zwischen all den Zischlauten auch nur deshalb verstanden, weil ich sie bereits zuvor aus dem Munde des gefürchteten Silberrückens vernommen hatte.

Was war passiert? Ich befürchtete das, was sich später auch tatsächlich als Schreckenswahrheit bestätigen sollte. Als Herr Feldmann von seinem kleinen morgendlichen Ausflug zurückkam, wurde er von Frau Karazai sogleich in Kenntnis gesetzt. Offenbar hatte er am Kiosk um die Ecke sein Losglück versucht, denn er barg noch einige der Rubbel-Lose linkisch in der Hand. Herr Bert, dessen Zimmertüre offen stand, hatte die Rückkehr des Rubbelkönigs bereits vernommen.

„Herr Feldmann!", bellte er über den Flur.

„Ei, der soll sich was unnerleje", raunte mein Liebling aufmüpfig und auch Schpupfel, der gerade aus Richtung Teeküche zurück in sein Büro schlenderte, fühlte sich noch unbedrängt und witzelte vorlaut: „Ingo, du sollst zum Chef komme, es ist vertraulich!" Nur schwerlich und das gebe ich unumwunden zu, konnte ich meine Neugier im Zaum halten. Auch der schpupfelnde Wambold wurde jetzt darüber informiert, dass er sich eher auf dünnem Eis befand und so schlitterten die beiden auf wackligen Beinen ins indische Zimmer. Nach einer gefühlten Viertelstunde, währenddessen die unterschiedlichsten Mutmaßungen über den Flur geisterten, kamen sie knurrend zurück und Ingo legte in meinem Büro eine kurze Verschnaufpause ein.

„Der spinnt doch, der hat se doch nedd all", pulsierte es aus ihm heraus und krachend ließ er sich in einen Stuhl fallen.

„Wer spinnt?", versuchte ich die rollende Lawine irgendwie zu kanalisieren.

„Ei de Häbbädd, jezz soll ich den Vortrach vom Volker do in Wien off dem ‚Internationale Strategie Meeting' halte. Weil der sich krank gemeld hat. Da solle se doch oifach ganz absaache, den Quatsch. Wie der sich das vorstellt. Ei de Bodo könnt ja mitfahrn unn mich unnerstütze! Es wär jo sowieso schon alles vom Volker vorbereit. Ich hätt em jo selbst debei geholfe. Ich hab noch gesaacht, dass ich so was noch nie gemacht hätt, awwer waast jo, wie er iss, do kannsde em Ochs ins Horn pezze. Aamol wär immer es erschte mol unn ich soll gleich aafange, alles zesammesestelle. Unn die Lilo hätt aach schon ess Hotel gebucht!"

Hier beendete er sein Lamento und sank in sich zusammen. Auch Herr Wambold steckte jetzt seine Nase kurz durch den Türspalt, bewahrte aber Haltung und mimte, mit der flachen Hand in Stirnhöhe, einen Scheibenwischer. Ihm war der Ernst der Lage offensichtlich nicht ganz bewusst oder er verdrängte ihn einfach. Vielleicht hätte ich dem Preisfuchs die Situation deutlicher vor Augen führen müssen, aber dazu fehlte mir einfach der Atem und es galt zunächst, den auserwählten Strategie-Experten Feldmann zurück auf's Gleis zu stellen.

,Das bekäme er schon hin, er könne das, sabbelte ich ungeniert drauf los und ich würde die Präsentation noch mal zusammen mit ihm durchgehen. Das würde schon nicht so heiß gegessen und in Wien würde auch nur mit Wasser gekocht und all den Schwachsinn, den man so daher schalmeit, wenn man selbst nicht betroffen ist. Um es frei heraus zu sagen: Ingo war für diese Mission völlig ungeeignet und er wusste es, aber und das wusste er auch, es gab keine Alternative zu ihm und so ergab er sich schließlich in sein Schicksal.

Mit der Beschaulichkeit war es nun natürlich vorbei. Eine lästige Hektik machte sich breit und brachte miese ,Veibräjschenns', wie Ingo verlauten ließ, wohl um sich selbst zu suggerieren, dass seine Englischkenntnisse für das Meeting ausreichend seien. Er hatte die Herausforderung angenommen!

Am anderen Morgen trafen die beiden Strategie-Experten gestriegelt und gebügelt im Geschäftszimmer ein. Herrn Wambold umwehte ein olivefarbener Lodenmantel, dessen Ärmel nicht ganz bis an die Handgelenke heran reichten, den er aber und da waren sich alle sicher, als ,Super Schnäppchen' erworben hatte. Und der zu dem milden Frühlingsklima tadellos passte. Herr Feldmann hatte für den internationalen Erfahrungsaustausch seine maßgeschneiderte ‚Indiana Jones Jacke' sowie die dazugehörenden Stiefel gewählt. Für ihn war der Ausflug ins Nachbarland tatsächlich ein Abenteuer und wozu sonst hatte er sich die Jacke anfertigen lassen. Alle quallten auf die beiden ein, gaben unnütze Ratschläge und besorgte Kommentare von sich: ‚Habt Ihr auch alles? Voucher, Ticket, USB-Stick!'

„Aber vor allem, die Herztropfen nicht vergessen, und, auch ganz wichtig, ein paar Unterhose zum wechseln", zeigte sich Herr Bert sehr wohl humor- und gleichermaßen teilnahmsvoll.

So gestärkt traten die beiden endlich die Reise an und verließen, dicht gefolgt von zwei Rollenkoffern, die Abteilung. Frau Mangold und ich begaben uns zum Fenster, um ihnen solange wie möglich nahe zu sein. „Die konnten nicht mal zwei Einzelzimmer bekommen. War alles voll", zeigte sie sich bestens informiert und ergänzte sinnierend: „Ich wollte, bei aller Liebe und behalt' das bitte für dich, mit Schpupfel kein Doppelzimmer teilen." Noch bevor ich wegen der erwähnten Liebe nachhaken konnte, stiefelten die beiden Leidensgenossen auch schon drei Stockwerke tiefer aus dem Gebäude. Herr Wambold, dieser Famulus der Sorglosigkeit, bedeutungsschwer voran und Indiana Jones folgte schicksalsergeben. Die Rollen des Wamboldsch'en Koffers verrieten eine leichte Unwucht, denn das Gepäckstück begann in regelmäßigen Abständen bedrohlich zu wackeln. Der Preisfuchs schnaubte dann kurz und brachte es mit einem geübten Tritt wieder auf Spur.

„Den hat er beim Kauf des Lodenmantels für lau dazu gekriegt", ließ mich Frau Mangold erneut an ihren Gedanken teilhaben und fügte pathetisch hinzu: „Da rollen sie hin! Ingo und Bodo starten für Deutschland!"

Der Frühlingsstimmung ‚Blaues Band', das die beiden zart umflatterte, schlang sich ganz allmählich um meinen Hals und zog sich schließlich zu.

Ob Herr Wambold seine ständigen Begleiter, die drei bereits erwähnten Obstfliegen, bis Wien abschütteln konnte, habe ich leider nicht in Erfahrung gebracht.

Alles andere wurde mir aber von Indiana Jones sofort nach ihrer
Rückkehr aus dem Nachbarland geschildert. Demzufolge hatten
sie nach dem ‚Check In' im Hotel eine Kneipe aufgesucht und waren im Verlaufe des Abends mit einer reiferen Österreicherin ins
Gespräch gekommen, die von Herrn Wambold zu fortgeschritte-
ner Stunde galant umgarnt wurde. „Awwer was e Schnärch, Diedä,
das kannsde der nedd vorstelle!" echauffierte sich der Abenteu-
rer über den Geschmack seines Begleiters. „Da defür hätt er nedd
nach Wien fahrn se brauche, die konnt er aach bei uns am nächste Büdche kennelerne! Die Zwaa hawwe sich, ich waas nedd wie
viel Caiperinha hinnernanner renngezooche. Ich hab em gesaacht,
wenn de jezz nedd sofort mitgehst, kannsde sehe, wie de alaa ins
Hotel kimmst. Da iss er dann endlich mit", zeigte sich Herr Feldmann immer noch außer sich. „Ich hab en offs Bett falle lasse, grad
so wie er war. Es war ja schon spät, ich musst ja am annern Taach
in die Bütt!"
„Ja und lief alles gut ab?", drängte ich ihn, mir endlich auch den
Ablauf seines Vortrages zu beschreiben.

„Ei, es iss ganz gut gelaafe, kannst ja de Bodo fraache, falls er sich noch erinnert, der Simpel, awwer stell dir vor", drehte er das Thema wieder zurück und zeigte sich mit dem Ablauf im Hotel noch nicht ganz versöhnt, „am annern Morje hab ich ihm dann, der hatt ja de Wecker nedd gehört, geje sei Schuh getrete, die hatt er ja noch an gehabt. Da hat er sich dann aus seim Sulver geschält unn an sich enunner geguckt, unn das musste der jezz bildlich vorstelle, Diedä, hat er gesaacht: ‚Ei ich bin ja schon angezooche, dann kanns ja losgehn!'" Hier schloss Herr Feldmann kopfschüttelnd seinen Bericht und wiederholte noch einmal, um mir die Szene auch ganz deutlich vor Augen zu führen, den Wambold'schen Entschluss sowie sein eigenes psychologisches Urteil darüber: „Ei, ich bin ja schon angezooche, dann kanns ja losgehn! Der Knallkopp!"

Das erzählst du aber besser nicht dem Herbert, schlug ich ihm unnötigerweise vor, forderte ihn aber auf, die Story sofort und auf der Stelle Frau Mangold zu erzählen, die schließlich mit ihnen gelitten hatte und nun ebenfalls honoriert werden sollte.

„Gerda, kennsde eichentlich de kürzeste Witz?" Mit dieser lässig dahin genuschelten Frage warb mein Idol geschickt um Aufmerksamkeit, als ich mit Frau Zimmer an ihm vorbei schritt, um in der Kantine eine Mahlzeit einzunehmen. Bevor Frau Zimmer überhaupt imstande war, irgendetwas Passendes zu formulieren, schob er auch schon die schmerzhafte Antwort nach: „Ei, siehst gut aus, Gerda!" Das verstörte ‚Danke, Ingo, vielen Dank!' hat er, glaube ich, schon nicht mehr so recht wahrgenommen, denn er verabschiedete sich mit diesem Scherzchen zu einem mehrwöchigen Englisch-Lehrgang nach Mittelfranken, warf aber den Kopf und das muss ich zu seiner Entschuldigung anführen, noch einmal in den Nacken und relativierte die verletzende Entgleisung mit den Worten „Alles nur Spass, Gerda, waasde doch, gelle?, Tschüss!" Später, als er von dem geistigen Upgrade zurückkam, hatte ich mich, für mich selbst etwas überraschend, einem beruflichen Klimawechsel hingegeben, der mich für drei Jahre ins Ausland führen sollte. So schied dieser Gefolgsmann der komischen Tragik vorübergehend aus meinem Leben, noch bevor ich ihm zum Bundesverdienstkreuz hätte verhelfen können.

Nur einmal noch hörte ich kurz von ihm. Während eines Praktikums, zur Vorbereitung auf diesen Auslandsaufenthalt, rief ich ihn in der Mittagspause von Münster aus an.

„Ach, Diedä, du bists! Ei wie schö, dass de mal aarufst, wie gehts der dann do owe?", übernahm er sofort die Gesprächsführung, und ohne meine Antwort abzuwarten skizzierte er in dürren Worten seinen aktuellen körperlichen Zustand. „Ei, ich bin grad wach geworn, Diedä, awwer nedd weil du aageruufe hast, sondern weil mer mei Füß eingeschlafe sin! Ich mach doch als Mittaachs en korze Powernap, waasde doch!? Dann stell ich die Lehn zerick unn du die Füß hoch leeche, unn horch e bissi in mich enei. Unn da debei iss es passiert. Die könnste mer jezz ambutiern, ich täts nicht merke!"

Hier schloss er seine Anamese und ich ahnte durch die Leitung, wie er seine Füße durch leichtes Wippen wiederbelebte. „So, jezz bin ich ganz da. Schön, dass de emal aarufst, das ging ja alles ganz schnell, gelle?! Steht de Lamberdi noch oder wie heißt die Kirch do owe?"

Einen Moment lang war ich sprachlos und während ich versuchte, mir seine Aussagen irgendwie gefügig zu machen, fragte ich mich, ob mein Liebling tatsächlich noch alle Tassen im Schrank hatte. Ja, es war wohl an der Zeit, einmal die Tapeten zu wechseln, durchrieselte es mich sanft und ich beendete bald darauf meine stumme Diagnose und wünschte ihm für die Zukunft gute Besserung und alles erdenklich Gute.

2. Teil

In Stabiler Seitenlage

„Der Mann machte sehr viel Wind ... Oh nein! Wenn es noch Wind gewesen wäre, es war aber mehr ein wehendes Vakuum."

Georg Christoph Lichtenberg, Sudelbücher

Nach drei Jahren Auslandsaufenthalt beschlich mich, zunächst nur ahnungsvoll, eine zarte Sehnsucht nach der Heimat. Den vertrauten Freunden und Kollegen und natürlich meiner früheren Quelle und Kraft, Ingo Feldmann! Eindeutig vermag ich es nicht zu bestimmen, was genau mich bewog, den Rückzug in die Heimat anzugehen. Immer öfter drangen die Worte von Ludwig Rellstab in meine nächtlichen Wachphasen, die von Franz Schuberts unterlegter Melodie ergreifend transportiert werden: „Wehe dem Fliehenden, Welt hinaus ziehenden, Fremde durchmessenden, Heimat vergessenden, Mutterhaus hassenden, Freunde verlassenden ..."
Wieder und wieder keimten die mahnenden Textzeilen in mir auf. Doch letztlich ist es für den Fortgang der Geschichte unerheblich! Eines Morgens jedenfalls fand ich mich auf vertrautem Terrain wieder und betrat mit Herzklopfen die Flure meiner Behörde. Das letzte Mal als ich meinen Puls einer solchen Frequenz ausgesetzt fühlte, war ich auf dem Weg zu einem Rendezvous mit einer stadtbekannten Herzensbrecherin.
Noch während ich den Kopf in die einzelnen Büros steckte und um Orientierung rang, vernahm ich plötzlich hinter mir die vertraute Stimme Herrn Wambolds, der mich mit den Worten: „Na, guckst du nach em Ingo?", freundlich in Empfang nahm. Natürlich war meine besondere Zuneigung zu dem Kollegen Feldmann auch anderen nicht verborgen geblieben.

„Da muss ich dich enttäusche, der hat uns verlassen, der is jetzt unner die Einzelhändler gegangen und hat mit seiner Freundin, der Rita, kennst du die eigentlich noch, am Wenzelsplatz owe, e Lädche aufgemacht. Mit integriertem Cafe! Da musst du erst einmal mit mir Vorlieb nehmen!"

„Wouw", entfuhr es mir ob dieser unerwarteten Neuigkeit. Einen solchen Schritt hatte ich meiner früheren Muse nicht zugetraut. Ein Lädchen! Mit integriertem Cafe! Wie war er auf dieses schmale Brett gekommen?

„Komm' erst emal an, es hat sich so einiges getan in de letzte Jahrn! Willst du en Kaffee? Guck, die Lilo is noch da und der Bärlauch schleimt sich auch noch von Schreibtisch zu Schreibtisch", schritt er voran und lotste mich ins Geschäftszimmer. Und tatsächlich, hier sah ich einige der vertrauten Gesichter versammelt. Hatte Herr Wambold schon immer diesen Slang oder hatte die langjährige Feldmann'sche Gegenwart diese zarten Blüten in sein Sprachzentrum getrieben?

Nach kurzem Hallo und dem Austausch launiger Belanglosigkeiten, drängte ich Herrn Wambold, mir meinen neuen Arbeitsplatz zu zeigen. Dabei interessierte mich weniger die Ausstattung des neuen Büros, nein, ich wollte den Preisfuchs, isoliert von den anderen, ein wenig ausquetschen. Über den Einzelhandel im Allgemeinen und Ingo und Rita im Besonderen. Bereitwillig eilte er voraus und wies mir meine zukünftige Schreibstube zu. „Alles beim Alten, du hast e Einzelzell, du Glückspilz!"

Noch während ich meinen Rucksack an einen Haken hängte, zog ich die Türe hinter uns ein wenig zu. „Wo ist denn Frau Mangold?", legte ich zunächst eine kurze Verleitung und noch in die Wambold'schen Ausführungen über die Kollegin, die wohl gerade mit ihrem ‚Neuen' auf Gomera weilte, stach ich unerwartet zu und forderte Einzelheiten über das Lädchen und ihre neuen Besitzer. „Ach, Dieter, was soll ich dir sagen?", formulierte er zögerlich, „die Rita, kennst du die eigentlich noch? Die kennst du doch noch!", gab er sich selbst die Antwort, „hat das Lädche von ihrn Eltern übernommen und weil se es nedd allein geschafft hat oder e bissche Schiss hat, hat sie de Ingo gefragt, ob der nedd einsteigen wollt. Und de Ingo hat tatsächlich en Antrag auf unbezahlten Urlaub gestellt und ist eingestieche. Musst dir das Ganze wie so en Kiosk oder besser noch wie en kleine Lebensmittellade vorstelle. Wie so e ‚Konsum‘, verstehst du? Wo de alles Mögliche kaufe kannst, auf engstem Raum! Von belegte Brötcher bis Kaffestückcher, Zeitschrifte, Obst, Sekt, Schnaps und alles. Supp in Dudde, Zigarette, Büchseworscht, Bohne im Glas, und Hering in de Büchs. Und Lottospielen kannst du auch! In einer Eck haben sie e paar Stühl und zwei Tische hingestellt, so als Restaurationsecke oder wenn jemand beim Kreuzche machen e bissche überleje muss. Die Tische hab ich ihnen besorgt. Da servirn die Zwei dann Kaffee, Kuche und Worschtbrötcher. Ich war e paar Mal da, des Ding läuft ganz gut!" Hier schloss er seinen Abriss, schaute auf die Uhr und stellte für die nächsten Tage einen Lokaltermin in Aussicht. „Jetzt komm erst emal hier an und dann seh‘n mer mal, ich ruf gleich bei de IT'ler drüwwe an, dass die dein PC anschließe!", zeigte er sich umsichtig und befreite sich ganz nebenbei aus meiner Umklammerung.

Die Integration verlief reibungslos und nach ein paar Tagen der Einarbeitung bereitete Herr Wambold endlich einen Abstecher zu Ingo's Lädchen vor.

„Was meinst du, woll'n wir heut Nachmittag mal rüber fahrn?", raunte er mich an. Klar wollte ich und er wusste es genau. „So gegen Zwei is es am beste, dann ist die Mittagspaus bei den meiste Leut vorbei und der Lade ist nedd mehr so voll. Bis gegen Vier, Fünf, ist es dann meistens ruhig", zeigte er sich bestens informiert, „dann hat er bestimmt e bissche Zeit zum Babbele!"

Gegen zwei Uhr folgte ich ihm dann zur Tiefgarage und nahm zum ersten Mal in seinem Fahrzeug Platz. Das heißt, zunächst musste Bodo ein wenig Platz schaffen. Es stapelten sich zahllose Gegenstände auf Sitzen und Ablagen und auch im Fußraum sammelte sich ein Sortiment aus Tüten, Werkzeugen, Kleidungsstücken, Musikkassetten, Lebensmittelresten und Taschentüchern. Aber auch ein Frostschutzmittel dämmerte da dem kommenden Winter entgegen. So etwa hatte ich mir eigentlich Ingos Ladenregale vorgestellt. Frau Mangold hatte einmal amüsiert erwähnt, dass man im

Fußraum von Bodos Fahrzeug Kartoffeln anbauen könne. Bislang hatte ich den Wahrheitsgehalt der Aussage angezweifelt.

„Guck emal, geht's so?", fragte er rhetorisch und räumte den Beifahrersitz frei. „Da kannst du dich ruhig draufsetze, da ist nichts Wichtiges drin, in der Dudd!", ermutigte er mich und drehte den Zündschlüssel. Nach einigen Fehlversuchen nahm der Motor seinen Dienst auf und wir rollten der Ausfahrt entgegen. „Da wird er jetzt gleich gucke!", freute er sich und lenkte das Fahrzeug auf die Straße. Nach kurzer Fahrt manövrierte er schließlich in eine Parklücke, deutete mit dem Kinn in Richtung der gegenüber liegenden Straßenseite und schälte sich aus dem Sitz. „Da ist es!"

‚Kirchberglädchen' prangte in blauen Lettern über dem Eingang und erregt trat ich unter den werbenden Buchstaben hinein in diesen Anachronismus des Einzelhandels.

„Hut ab", entfuhr es mir aufrichtig. Bodo hatte den Aussteiger offensichtlich bei der Beschaffung des Mobilars unterstützt. Wäh-

rend ich noch mit offenem Mund das Warenangebot sortierte und Herr Feldmann geduldig eine ältere Frau bediente, erfasste ich auf einer der beiden Tischplatten ein Sprüchlein, das wohl ein Freigeist dorthin gepinselt hatte und so auf die erstaunliche Einrichtung aufmerksam machen wollte:

Seht die Tapete an der Wand,
das Häkelset am Thekenrand,
da geht der Griff, ich schwör es dir,
ganz wie von selbst zum Weizenbier!

„Das gibtst doch nedd, das glaab ich ja nedd, Diedä, ei sach bloß du bist widder im Land!? Ridda, komm doch emol, ich muss der emol jemand vorstelle!"
Ingo, der jetzt seine Hände auf meine Schulter gelegt hatte, zeigte der herbeigeeilten Rita strahlend seine Wunderwaffe, die Zahnlücke, und stellte mich mit großer Geste vor. „Das Ridda", wandte er sich an seine Co-Pilotin, „das is de Diedä, von dem ich der ja schon verzählt hab! Ei, dass is ja e Üwwerraschung, Diedä!", drehte er sich jetzt wieder zu mir und gab, ohne sich ein weiteres Mal umzudrehen, bei seiner Rita drei Kaffee in Auftrag. „Ihr trinkt doch en Kaffee?", stellte er fest und lotste uns an einen der beiden Tische im Restaurationsbereich des Kramladens. „Diedä, Bodo, kann ich euch sonst noch was anbiede, e Worschtbrötche vielleicht oder e Nugat Schneck?"
Während Herr Wambold sofort einwilligte, bat ich um eine kurze Verschnaufpause und fragte, ob er, Ingo, hier im Laden eine Toilette hätte. Und tatsächlich, hinter dem Lottopult führten zwei Stufen zu einem Gästeklo.
Auch hier oben, im grellen Licht einer Neonröhre, konnte man den Wambold'schen Einfluss unschwer erkennen. Das eigentliche ‚Stille Örtchen' nämlich, das sich an einen engen Vorraum mit Waschbecken anschloss, wurde durch eine Schleiflacktür begrenzt, die lediglich bis auf etwa 40 cm an den Fußboden heranreichte, was auf ein besonders günstiges Angebot hindeutete und den Blick auf die intimsten Kleidungsstücke eines potentiellen Nutzers preisgab.

Aber, und dies muss man den beiden Einzelhändlern zugute halten, war die gleichzeitige Benutzung der Toilette durch mehrere Kunden aufgrund der drängenden Enge so gut wie ausgeschlossen. Trotzdem hatte ein kreativer Kopf auf der Innenseite der zu kurz geratenen Tür, die jetzt sperrangelweit offen stand, die Worte vermerkt: ‚Beware of Limbo Dancers‘. Donnerwetter!

Von dem Charme der launigen Warnung angezogen, betrat ich die enge Zelle und konnte direkt neben der Klopapierrolle einen zweiten beachtlichen Hinweis entziffern, den offenbar ein anderer Nutzer dort verewigt hatte. Diesem Hinweis zufolge hängt die Dauer einer Minute ganz davon ab, auf welcher Seite der Tür man sich befindet! Geradezu eine philosophische Betrachtung, an der vermutlich sogar Herr Einstein seine helle Freude gehabt hätte.

Wie dem auch sei, durch diese Zeilen wurde mir eindrücklich klar, dass dieser Laden mein Zufluchtsort und meine Pilgerstätte werden würde.

Nachdem uns Herr Feldmann bewirtet und Einblick in seinen Alltag und sein Liebesleben gewährt hatte, summten wir bienengleich zurück zum Stock. Natürlich nicht, ohne unser baldiges Wiederkommen versprochen zu haben.

Von jetzt an schlich ich mich immer wieder einmal zur Mittagszeit aus dem Büro, mitten hinein in das Treiben im Kramwarenladen.

So auch eines freundlichen Herbsttages, der mich und auch den Einzelhändler in beste Stimmung versetzt hatten.

„Ach, Diedä, du kimmst genau richtich!“, begrüßte er mich einleitend und drängte mich, Platz zu nehmen. „Es iss nix los heut“, klärte er mich auf und bot sogleich seinen Service an: „Willsde en Kaffee?“

„Da kann ich nicht widerstehen“, umgarnte ich ihn geschmeidig und lobte das Aroma seines Zaubertranks. „Was läuft denn so in L.A.?“, kam ich schließlich zum eigentlichen Grund meines Besuchs, lehnte mich entspannt zurück und harrte einer der Episoden, die ich so lange vermisst hatte und die jetzt hoffentlich kommen würde.

„Ach Gott, ja, Ell Äj!“, rief er den Allmächtigen um Hilfe, um gleich darauf eine Gegenfrage zu stellen: „Haste eichentlich schon die neue Kolleeche kennegelernt, de Eberl un die Wolf, es Gabi un die Gerda?"

„Nicht wirklich", antwortete ich, „Frau Wolf ja, die hab ich ein paar mal gesehen, die war etwas schmallippig, aber der Eberl ist momentan im Urlaub! Warum fragst du?"

„Ach, nur so", täuschte er Arglosigkeit vor und kam dann endlich meiner Frage nach.

„Ei, hatt ich den schon emal verzählt?", sortierte er sich kurz und fuhr, ohne meine Antwort abzuwarten, fort: „In dem Auslänner-wohnheim, do en Lange Aubach, war vor em halwe Jahr emal e Feuer ausgebroche, unn direkt neewe dran, im Gadde, hatt en Lange Aubacher grad sein Zaun gestriche. Rawelschwarz! Jezz war das en Taubstumme, der konnt nedd hörn un ned schwäzze", ergänzte er umsichtig. Vielleicht auch um sich selbst auf Kurs zu halten. „Unn der Wind hat von dem sein Gadde direkt off das Heim zugeweht. Unn oowe off em Balkon von dem Heim stand en Schwazze, heut saacht mer ja Farbiche, obwohl die Leut jo nedd wirklich buntich sinn. Ich glaab, es war en Kongolese! Unn der Kongolese hat dem Taubstumme da beim Anstreiche zugeguckt. Das Feuer war off de Rückseit von dem Heim ausgebroche, so dass der Schwazze das noch gar nedd geschnallt hat! Der Wind hat ja de Rauch von dem fort geweht! Unn der Taubstumm hat üwwerlecht unn üwwerleecht, wie er dem Asylant da jezz helfe könnt. Rufe konnt er ja nedd!", legte er eine Atempause ein und deutete mit den Fingerspitzen in Richtung der Stimmbänder. „Dann kam em plötzlich die Idee!", fuhr er fort, „der hat ganz oifach en Ret-tich, in Bayern saacht mer aach Radi dezu, waasde doch, die weiße Dinger, wie so Steckrüüwe sehn se aus. Na ja, so en Rettich hat er jedenfalls aus dem Gemüsebeet ausgerisse, hat en korz in sein schwarze Farbeimer gedunkt unn dann dademit dem Mann aus em Kongo zugewunke!"

War die Geschichte etwa hier bereits zu Ende und ich hatte die Pointe irgendwie verpennt, fragte ich mich, als er auch schon auf das Finale dieser brandheißen Story zusteuerte: „Was meinsde dann, was der dem Asylant dademit saache wollt, Diedä?" Noch während,

er in meinem ahnungslosen Antlitz nach einer Antwort suchte, fegte es auch schon aus ihm heraus: „Schwazzer, rett dich! Diedä, verstehsde, Schwazzer rett dich!", wiederholte er den lautlosen und überaus kreativen Alarmruf des Westerwälders.

Jetzt endlich nahm ich den Fuß von der Leitung und stimmte glucksend in sein Lachen ein. „Das muss mer sich emal vorstelle", malte er noch aus, „mit wie weniche Mittel wichtiche Nachrichte weiter gegewwe wern könne! Das iss doch de Hammer!"

Ja, das ist klasse, bestätigte ich und es sei ungerecht, dass die Menschen aus dem Mittelgebirge ansonsten in der öffentlichen Wahrnehmung so ungünstig davon kommen würden.

„Ja, ich versteh immer besser, warum sich mei Schwester en Kerl aus Lange Aubach genomme hat!", schloss er jetzt seine Ausführungen und belohnte sich selbst, in dem er auf seinem Hocker hinter der Ladentheke Platz nahm.

In wieweit das Warnsignal des Taubstummen tatsächlich den Asylanten vor Schaden bewahren konnte, ließ er offen.

Wir sinnierten noch ein wenig über dieses Kommunikationswunder, bevor ich ihm mit einer Frage zurück in die Gegenwart beorderte: „Wieso wolltest du eigentlich wissen, ob ich schon die neuen Kollegen kennen gelernt hätte?", gab ich einer misstrauischen Regung nach.

„Aach nix weiter, nur so!", versuchte er meinen Argwohn zu zerstreuen.

Ein tieferes Nachhaken in dieser Angelegenheit schien mir aussichtslos und so lenkte ich das Gespräch auf ein anderes Interessenfeld: „Ist es dir eigentlich leicht gefallen, den Job zu wechseln?"

„Ach, waasde, Diedä, was heest leicht? Leicht is anners! Awwer der ganze Scheiß do em Amt, der is mir als ganz schee off de Senkel gegange! Immer es gleiche Geschwäzz! Letztendlich treibt die meiste doch nur die Existensangst do hie! All tun se vor Wunner wie. Hauptsach wichtich!", drang es aus ihm heraus. „Die Aane sei Meeting Touriste un kassiern die Reisekoste und Taachegelder, unn henneweg kimmt doch nix eraus debei, bei dene ganze Besprechunge! Unn die Annern mache die Wasserträcher unn müsse sich de ganze Taach vorm Monitor de Arsch platt sitze! Awwer das iss ja en alle Bereiche heut so! In de Politik, em gesellschaftliche Mitenanner, em Handwerk, en de Schule unn selbst en de Wissenschafft! Wer heut alles Professor iss un sein Dokter hat, komm her, geh fort!", rangierte er unentschlossen, um gleich darauf zu einer fulminanten sozialkritischen These anzuheben, die mir tatsächlich einen leichten Schauer über den Rücken trieb.

„Das Land der Dichter und Denker verkommt immer mehr zu em Land von Schaumschläächer un Selbstdarsteller!"

‚Balim, Balim', eine fröhlich klingende Ladenglocke holte ihn raus aus seinen Betrachtungen und er wandte sich einer offenbar gut bekannten Kundin zu: „Wie immer, Frau Hochheim, es Fachblatt und e Päckche Schmogies?", bediente er sie zuvorkommend und schob eine Tageszeitung und eine Schachtel Zigaretten ‚Extra Light' auf den Tresen. „Immer die extra Leichte, gelle, Frau Hochheim, es Leewe is ja aach hart genuch!", bewies er Empathie und Scharfsinn zugleich. Nachdem er die Einnahme in der Ladenkasse gesichert hatte, spann er seinen Gesprächsfaden weiter: „Hier im Laade waas ich wenigstens was ich mache. Ware unn Dienstleistung geeje Bares! Ab unn zu geb ich de Kundschaft e gut Wort, un mach aach manchmal en Spass oder spiel de Sozialarbeiter oder de Therapeut! Unn wann mer aaner blöd kimmt, dann beweech ich mich halt e bissche langsamer! Hier gibst niemand der brüllt: ‚Herr Feldmann, kommese doch grad emal her, das do muss heut noch fertich wern'! Oder: „Das hätt mer aach anners mache könne, Herr Feldmann!' Un wann ich emal mit em Ridda Stress hab, dann laaf ich e Rund durchs Viertel un denk: ‚Pumb mer die Schuh off'! Danach gehts mer besser." Von dem Resümee war ihm wohl etwas taumelig geworden, denn er setzte sich wieder auf den bereitstehenden Hocker und schnaufte durch.

Gleich darauf aber hob er erneut an: „Waasde, Diedä", jeder muss das für sich selbst entscheide! Ich waas nur aans, hier im Lade muss ich mich viel wenicher verstelle. Da unne", und damit meinte er seinen vorherigen Arbeitsplatz und offenbarte beste topographische Kenntnisse, denn unsere Behörde lag tatsächlich im unteren Teil der Stadt, „da unne hätt ich am Monatsend außer em Gehalt, aach rechelmäßich de ‚Oscar' krieje müsse! So gut haww ich als geschauspielert! Hör blos off! Die Kolleeche sei mer als derartich off de Geist gegange. Das ganze Geschleim und Gesabber. De Bärlauch, de Alfred, mit seim vorauseilende Gehorsam. Dem war ja nedd se traue, den hawwe se all mit Glacehandschuh angepackt. Meecht nedd wisse, was der all gepetzt hat. Nedd alles, dass er em Häbbädd die Dasch getraache hat, wann der aus em Fahrstuhl kaam. Der iss em doch hinne enenn gegrabbelt! Schlimmer noch, der iss em nedd nur hinne enenn gegrabbelt, der hat sich aach noch erum gedreht und de Eingang verteidicht, der Schleimer! Manchmal wars nedd zem aushalte!" Hier schnaufte er erneut durch und biss in einen ‚Landjäger', den er zuvor aus einer Plastikhülle gepellt hatte.

„Plastic – Fantastic!", wünschte ich ihm Appetit.

Aber Ingo war kein übler Nachtreter, kein blindwütig Schäumender. Nein, er hatte längst auch die andere Seite der Medaille blank gescheuert und ließ mich an seiner reinigenden Kraft teilhaben. Und das tröstete mich, schien doch nicht alles verloren!

„Das Aanziche was ich wirklich vermisse, Diedä, is de Bodo und dich, un vielleicht noch es Susanne! Und", hier legte er eine rhetorische Pause ein, „dass am Monatsend es Geld immer pünktlich da war! Der Laade hier leeft ganz gut, awwer trotzdem gibts aach schon emal en Monat, wo' s ned so gut leeft. Unn es gibt jo aach kaa Garantie, das es immer so weiter leeft!", irritierte er mich ein wenig mit seinen ökonomischen Betrachtungen. „Eichentlich kann der kei zwaa Leut ernährn. Unn desweeche, werd ich aach wahrscheinlich bald zerick komme. Awwer saach noch nix! Es is noch nedd sicher. Ich muss es nur bald entscheide. Der unbezahlt Urlaub gilt nur für ei Jahr unn das iss bald erumm!

„Manchmol war es ja aach schee, do onne! Wann de Bodo uns als morjens sein Geschichtsunnerricht gegewwe hat, gelle?! Wann die Lilo unn die Susanne so gespannt geguckt hawwe. De Pracher Fenstersturz oder die Dolchstoßlegende. Oder die Schlacht bei Austerlitz, wo die Russe unn die Österreicher vom Napoleon off de Sack gekriecht hawwe. Bei unserm Privatdozent Wambold hab ich es erschte Mal kapiert, wie spannend Geschichte sei kann.

Unglaublich, was der alles wusst! Unn wie schad, dass der das nedd beruflich ausleewe konnt, unn in unserm Büro versauert iss. Im wahrste Sinn des Wortes! Als Geschichtslehrer wär der unschlaachbar gewese! De Bodo war wirklich de geborene Historiker! Off de anner Seit war er aach manchmal nicht vermittelbar!

Der hatt vielleicht noch e Ding gebracht, bevor ich de Laade hier gemacht hab. Das war de Hammer!"

Geistesgegenwärtig verlangte ich nach einem Kaffee, weil ich ahnte, dass die nun kommende Story eine stimmungsvolle Atmosphäre brauchte.

„Als ich ein Mittach von de Kantien zerick kam, hört ich schon von weitem es Gabi aus Richtung Teeküch kreische. Das der Bodo doch es letzte Ferkel wär, hat se sich offgeregt. Das wär nicht se glaawe! Unglaaauuublich! Ihr täte oifach die Worte fehle. So e Sauerei! Korz denaach kam es Gerda hinnerher und hat die Backe offgeblase! ‚Ekelhaft‘, hat se gewürgt, un ob ich wüsst, wo sich de Bodo rumdrücke tät. Was dann los wär, wollt ich wisse. Das könnt se mer nedd erzähle, das müsst mer sehn un ich soll oifach in de Kühlschrank gucke. Ich also de Kühlschrank in de Teeküch offgemacht un wie soll ichs saache. Ich hatts erscht gar ned gesehe. Ich dacht, dem is vielleicht was verschimmelt do drin. Weit gefehlt, Diedä, bog er sich jetzt wie ein Flitzbogen, um sich gleich darauf wieder zu strecken und den brennenden Pfeil abzuschießen: „Der Knaller hatt doch tatsächlich e Röhrche mit err Kotprob von sich da drin stehe gehabt.

Zur Frischhaltung! Das musst du dir vorstelle, unbeschreiblich, das muss mer sich off de Zung zergehn lasse! Der war am Taach devor beim Dokter gewese unn hat sich unnersuche lasse. Unn de Dokter hat gesaacht, dass er e Stuhlprob von em brauche tät und hat em das Röhrche mit haam gegewwe. De Bodo konnt awwer nedd dehaam, sonnern erscht am annern Morje, em Büro. Unn hat dann das Röhrche bis zur Mittaachspaus, wo er's beim Dokter widder abgewwe sollt, kalt geleecht. Der hat nadierlich geglaabt, das merkt kaaner. Wer guckt aach schon bei so em Röhrche genauer hie. Awwer es Gabi hat de Name un es Geburtsdatum da droff gelese un sofort en Schreikrampf gekriecht. Aach Gott, war das e Offreechung! Die wollte zum Personalrat un alles. De Häbbädd hat se grad noch so offhalte könne un hat de Bodo tatsächlich in Schutz genomme. Was die annere Abteilunge saache täte, hat er gemeint. Un das sollt besser unner uns bleiwe. De Bodo musst sich dann entschuldiche un fuffzich Euro in die Kaffeekass zahle. Der hat vielleicht gemault. Awwer es ging ja nedd anners. Trotzdem hatts hinnerher jeder gewusst un sich beömmelt. Ich glaab, der hat bis heut nedd verstanne, dass das Scheiße war, was er do gemacht hatt. Im wahrste Sinn des Wortes! So e Röhrche wär doch e sauwer Sach. Das wär doch fest verschlosse unn hygienisch einwandfrei, hat er gesaacht. Unn wie er das sonst hätt löse solle. Seitdem schwätzt es Gabi nedd mer mit em. Dadefür hat em de Dokter gesaacht, dass sein Stuhl völlich in Ordnung wär. Da kannste widder sehe, dass es nix Schlechtes gibt, das nedd aach was Gutes hat!"
Hier stoppte er seinen Redefluss und wandte sich einem Kunden zu, der gerade, Balim, Balim, den Laden betreten hatte. Ich aber war für heute bereits bedient. Ich schüttelte die Episode aus Hemd und Hose, wischte mir eine Freudenträne aus dem Augenwinkel und machte mich startklar. Nicht ohne mich noch einmal für die Kurzweil und aufschlussreiche Beratung bedankt zu haben.
Zurück im Büro lotste mich der Fäkalienfachmann, der mir soeben noch näher ans Herz gewachsen war, in's Geschäftszimmer und überstellte mich dem Zampano und dessen Helferlein, Alfred Bärlauch.

Ob ich Herrn Feldmann die letzten Tage gesehen habe, drang der Silberrücken schnörkellos in mich ein und erläuterte, dass es um die Besetzung von dessen ehemaligem Büro ginge. „Hat der Bauchladenmann mal was zu Ihnen gesagt? Ob er zurückkommen will? Oder will er seinen Urlaub jetzt bis zum Ruhestand ausdehnen?", stocherte er sarkastisch herum und forderte zu einem Lacher auf, dem Herr Bärlauch eilfertig nachkam.

Nein, dazu könne ich nichts sagen, log ich und Herr Feldmann werde sich sicher bald bei ihm melden.

„Wir müssen das wissen Herr Nell, weil die Frau Mangold nicht dauerhaft mit Herrn Eberl das Zimmer teilen möchte. Dem Eberl haben wir vorerst Ingos Schreibtisch überlassen und ihn zu Frau Mangold gesetzt. Es war bzw. ist ja bis jetzt nicht klar, ob er zurückkommt. Die Frau Mangold würde aber zukünftig lieber mit der Frau Wolf das Zimmer teilen. Aber auf keinen Fall mit dem Eberl. Und da müssen wir mal sehen, wie wir's den Herrschaften, das heißt den Damen, recht machen können", versuchte er sich in Ironie, um gleich darauf einzulenken: „Ich kann's ja auch verstehen!" Noch ahnte ich nicht, was er verstand!

„Übernächste Woche sind die beiden wieder hier", setzte er fort. „Die Mangold und der Eberl. Sind ja beide in Urlaub! Bis dahin hätte ich das Ganze gerne gelöst."

Als Herr Wambold später in meinem Zimmer auftauchte, fragte ich ihn nach dem Grund des Mangold'schen Wechselwunsches. „Ach", ließ sich der Fäkalienfachmann einleitend vernehmen, „der Eberl hat oft schlimme Blähunge! Windkolike! Krankhaft sozusache! Der kann da nix dafür, aber es ist halt nedd so ganz angenehm", grinste er heiter. „Die Susanne hat gesagt, sie würde ansonsten die Abteilung wechseln. Und das will de Häbbädd natürlich nedd. Also muss de Eberl anderweitig untergebracht werden und es gibt kein anderes Einzelzimmer mehr." Ich ahnte, dass es kompliziert werden würde und dass es mich schlimmstenfalls meine Einzelzelle kostete. Vielleicht hatte mich der Aussteiger deswegen so gezielt gefragt, ob ich Herrn Eberl schon kennen gelernt hätte. Spannte sich da eine Intrige hinter meinem Rücken? Oder hörte

ich die Flöhe husten? Ich würde der Sache auf den Grund gehen.
Noch bevor die Windhose aus ihrem Urlaub zurück war.

Anfang der darauf folgenden Woche machte ich mich also neugierig auf den Weg zum ‚Kirchberglädchen‘. Der Einzelhändler hatte es sich an einem der Tische bequem gemacht und blätterte in einer Zeitschrift. „Mensch, Diedä, schön, dass de vorbei kommst. Ich hab mich grad üwwers Ridda geärjert. Da kommst de genau richtich. Du bringst mich wenichstens off annere Gedanke!“, gewährte er mir Einblick in sein Seelenleben. Was denn los gewesen sei, wollte ich wissen und setzte mich zu ihm. „Aach, nedd so schlimm, willste en Kaffee, mir hattes weche em Lade und was mer jezz mache wolle. Ob ich nedd besser widder zerigg ins Büro geh.“

„Ja, und willst du denn wieder zurück?“, bohrte ich nach. „Der Herbert hat mich letzte Woche gefragt, ob du dich in meiner Gegenwart schon einmal zu dem Thema geäußert hättest.“

„Unn was hassdem gesacht?“

„Dass ich es nicht wüsste“, entgegnete ich wahrheitsgetreu.

„Ei, Diedä, ich waas es selbst nedd richtich. Es Ridda maand, es wär besser zerigg se gehe. Unn eichentlich glaab ich aach, dass es besser iss, widder do enunner ze gehe. Aach wenn’s mer nedd ganz leicht fällt. Der Laade wirft oifach nedd genuch ab und außerdem schmorn mir zwaa hier oowe so e bissche im eichene Saft. Es Ridda und ich!“, fügte er hinzu und weihte mich tiefer in seine Überlegungen ein.

„Kannst em Häbbädd ja saache, ich tät mich die Woch bei em melde!“, schüttelte er sich kurz und offerierte noch einmal leichtere Kost aus dem Westerwald: „Also, es Elfriede tut am Samstach Nachmittach dehaam die Gass kehrn, mit so em aale, völlich abgenuzte Bese, als es Erna, ihr Nachbarin, vorbei kommt un ihr zuruft: „Hopp Friedche! No, weij? Me moant (meint) du hättst gar koa Bürschte mi dua onne!“

„Källe Erna“, saacht da es Elfriede zornich, „soa (sag) deim Kall, er soll nedd su e domm Zeuch schwätze!“

Um der Pointe in ihrem derben Charakter zu Hilfe zu eilen, zog er die Mundwinkel bis nahe an die Ohrläppchen, stemmte sich

auf den Fußballen kurz in die Höhe und ließ zischend Pressluft
entweichen. Vielleicht auch nur, um die Schote ganz nach unten
durchsacken zu lassen. „Iss doch de Hammer, gell?" versicherte
er sich verantwortungsbewusst meines Verständnisses und erst
als er den Groschen fallen hörte, fiel er johlend in mein Grunzen ein. Am liebsten hätte ich die Arme zu einer ‚La-Ola-Welle'
nach vorne gereckt und mit den Händen gewackelt, spendierte
dann aber stattdessen eine Runde ‚Landjäger' als Dankeschön.
Während Herr Feldmann den letzten Bissen schnaubend verdrü-
ckte, erschien seine Freundin in der Ladentür, grüßte kurz, zeigte
sich aber ansonsten spröde. Ich erkannte, dass hier akuter Ge-
sprächsbedarf herrschte und zog es vor, den Rückweg anzutreten.
Es gab schließlich genug zu verdauen.
Der Einzelhändler machte auch keine Anstalten mich daran zu
hindern, sondern brachte nur kurz sein Bedauern zum Ausdruck
und begleitete mich zur Tür. Balim, Balim, trat ich ins Freie. „Und
saachst em Häbbädd, dass ich ihn die Woch anruufe tu! Gelle?",

gab er mir noch mit auf den Weg und machte sich mit einer entschlossenen Wendung an die anstehende Beziehungsarbeit.

Schon zwei Tage später hatte er sich bei unserem Silberrücken gemeldet, denn Herr Bert erschien zur nächsten Morgenrunde und verkündete im Anschluss an die aktuellen Gesprächsthemen die Neuigkeit: „Der Feldmann wird uns wohl erhalten bleiben! Er will schon nächsten Monat wieder zurückkommen und klärt mit der Personalstelle nur noch die Modalitäten", offenbarte er knapp, schaffte es aber nicht, einen Seitenhieb im Zaum zu halten. „Die ‚Freie Marktwirtschaft' ist ihm offensichtlich auf Dauer zu hart gewesen! Bitte, das ist aber meine ganz persönliche Einschätzung und die muss nicht unbedingt zutreffend sein! Lassen Sie sich also nichts anmerken!"

Während Herr Wambold mit der These ‚Kein Schwanz ist so hart wie das Urteil deiner Mitmenschen' bei Herrn Bert für einen strafenden Blick und im Kollegenkreis für Schmunzeln sorgte, war bei den meisten eine gewisse Erleichterung, ja sogar Erlösung spürbar. Der verlorene Sohn kehrte in die Arme des Vaters zurück. Offensichtlich hatte sie der vorübergehende Ausstieg des Einzelhändlers in kritische Selbstzweifel gestürzt. Auch mir fiel letztlich ein Stein vom Herzen.

Im Laufe der Woche hatte ich auch Herrn Eberl kennen gelernt, mit dem Ingo zukünftig das Büro teilen sollte. Der neue Mitarbeiter war ein älterer, freundlicher Herr aus dem Schwäbischen, der bedauerlicherweise von Geburt an mit dem bereits erwähnten Darmsausen geplagt war. Und dass, was *ihm* Entspannung brachte, sorgte im Kollegenkreis ab und an für Erheiterung, meist aber für Befremden, wenn ihm nämlich in Gegenwart von offiziellen Besuchern wieder einmal die Selbstkontrolle versagte. Bei Frau Mangold hingegen, als unmittelbar Betroffener, hatte sich die anfängliche Sympathie zu einem hartnäckigen Widerwillen ausgewachsen. Sie bat den Silberrücken inständig um einen anderen Arbeitsplatz. Fernab der Eberl'schen Zugluft. Herr Wambold nannte es spöttisch ‚Vertrauensbeweis', wenn dem Schwaben wieder einmal im Beisein seiner Mitmenschen ein Furz entglitt. In Gegenwart unserer Damen riss er sich, meistens jedenfalls, irgendwie zusammen und verschwand, manchmal mitten im Satz, auf die Toilette oder ins Treppenhaus. Doch diese blitzartigen Rückzüge gelangen nicht immer und so sorgte es gerade bei den dünnhäutigeren Kolleginnen und Kollegen im Laufe der Zeit für Verstimmungen. Mitunter war es schlicht atemberaubend!

Ich dachte, die Ankündigung seiner Rückkehr sei es wert, Herrn Feldmann wieder einmal in seinem Kramladen aufzusuchen und auf den bevorstehenden Klimawechsel vorzubereiten. Ich traf den Handelsmann über einem Lottoschein sinnierend an, als er offenbar versuchte, seinem Leben eine entscheidende Wendung zu geben.

„Mensch, Diedä", warf er sein Antlitz auf, „willste dich beteiliche? Ich füll grad en Schei aus, Sechs aus Neunundverzich. So schwer kann das doch nedd sei! En Aacheblick noch, ich bin gleich fertich!", bat er um ein wenig Geduld, um gleich darauf den Garantieschein auf die Lebenswende in den Papierkorb zu werfen. „Das wär sowieso nix geworn!", zeigte er sich plötzlich hellsichtig und gab sich mir nun mit den Worten „Unn Diedä, was gibts Neues?", uneingeschränkt hin.

Noch während ich seine Vernunft und Weitsicht lobte, kramte er bereits eine passende Anekdote aus dem Umfeld seines Schwagers hervor: „Apropos Hellsichtichkeit – da fällt mer e schö Geschicht aus em Westerwald ein. Vielleicht haww ich se aach schon emal verzählt!", zeigte er sich zunächst ungewiß, offenbarte aber gleich darauf sein dickes Fell: „Iss ja aach egal! Also: Zwa Holzfäller sitze offem Baum un sääche genau an dem Ast, an den se ihr Leiter angelehnt hawwe. Unn zwar zum Stamm hin, verstehsde? Da kommt aus Richtung Donsbach en Wanderer de Waldweech hoch marschiert, guckt korz zu den Zwaa enoff und ruft: ‚Wann ihr Zwaa do oowe ua der Stell weirer säächt, doa doads gleich en Schloag un ihr leid onne!' Die zwei Waldarbeiter hawwe sich awwer nix debei gedacht und weiter gesäächt. Un tatsächlich, nach e paar Minute, tuts en Schlaach, der Ast bricht ab und die zwei Kerle stürze mitsamt em Ast unn de Leiter off de Waldweech. Als se so e paar Minute da geleeche un ihr Knoche sortiert hawwe, kommt der Wanderer widder de Weech zerick marschiert. Da sacht der ei

Holzfäller zum annere: ‚Guck, do kimmt e wörre, der Donsbacher Wahrsaacher!‘"

Ich brauchte ein wenig, bevor ich die in den mittelhessischen Dialekt verpackten Schwank verarbeitet hatte, erfreute mich dann aber umso mehr an den ‚Mysterien aus dem Westerwald‘.

„Gell, is doch schö?", fasste er nach, wechselte dann aber zügig das Thema: „Hat de Häbbädd eichentlich schon emal was rausgelasse? Ich hab em nämlich gesaacht, dass ich zerick komme tät!"

„Ja", antwortete ich knapp, „heute Morgen!"

„Unn, wie warn die Reaktione?", verlangte er Details.

„Es haben sich natürlich alle gefreut! Du sitzt mit dem Eberl zusammen in deinem alten Büro! Die Susanne zieht um!"

„Mit em Eberl. Wie issen der so? Der soll so Blähunge hawwe, hatt mir die Susanne erzählt, als se mal hier angeruufe hat, stimmt das oder iss das Geschwätz?"

„Das kann man so sagen!", blieb ich sachlich.

„Was jezz, hatt er oder hatt er nedd? Ei, jezz lass der doch nedd alles aus de Nas ziehe. Is das tatsächlich so schlimm? Die Susanne hat gesaacht, es wär ned zum Aushalte. Ich hab es Ridda gefraacht, ob die schon emal was von so er Krankheit gehört hätt. Die hat awwer nur gesaacht: Nee, hätt se nedd! Erscht seit se mich kenne tät!" Dabei zeigte er kurz seine Wunderwaffe und quittierte Ritas Schlagfertigkeit mit einem leisen Grunzen.

„Warum sezze se den dann nedd in e Einzelzimmer? Dann könnt ich doch mit dir zesamme ...", wurde er gleich darauf wieder ernst.

„Nein, Ingo, das geht nicht!", unterbrach ich ihn knapp, „beim besten Willen. Ich muss ja manchmal vertrauliche Personalsachen bearbeiten und deswegen soll ich alleine sitzen!", zog ich mich auf eine höhere, quasi unwiderlegbare Ebene zurück.

„Ach, na ja, so schlimm werds schon nedd wern. Bis jezz is immer worn!", lächelte er sinnierend und fasste schließlich seinen beruflichen Lebensweg kurz zusammen: „Ich bin bis jezz noch mid jedem zerecht gekomme!"

„Sag‘ mal, wie lange bist du eigentlich schon mit der Rita zusammen?", schlich ich ihn von der Seite an, „hattest du nicht vorher eine Frau aus Dresden oder war's Leipzig?", um ihn schließlich an sein Lieblingsthema, die Frauen, heranzuführen.

„Ach, Diedä, es Mandy iss doch damals zerick in de Oste! Das war werklich schad! Ich hatt ja schon hier unn da emotionale Engagements oder auch Verwicklunge, wie mers nimmt, awwer es Mandy war schon e Schätzche! Na ja, wie saacht mei Mudder als immer: ‚Bleib' im Lande unn nähre dich redlich!' Egal, ich hat bei de Ridda of jeden Fall gleich e gut Gefühl", gewährte er Einblick in seine Entscheidungsfindung.

„Korz nachdem du fort bist, hab ich se kennegelernt. Hier im Läd- che! Ich hatt hier gecheüwwer Klavierunnerricht gehat, manches kann mer halt nur vom Profi lerne! Unn wenn ich zu früh war, hab ich als hier en Kaffee getrunke. Später bin ich dann extra e bissche ze früh gekomme. Nur um se ze sehe. Meistens warn awwer ihr Eltern da. Dann ging natürlich nix. Awwer wann se allein war unn mich so aageguckt hat, von de Seit, un gefraacht hat: ‚Na, junger Mann, was darf's denn sein heute? Oder: ‚Mit was kann ich ih- nen denn heute mal was Gutes tun?', dann sei ich als ganz nervös worn." Hier stöhnte er kurz auf und verschnaufte gedankenverlo- ren.

„Waasde, Diedä, bei de Erodik spielt de Dialekt e ganz entschei- dend Roll! Es Mandy, so goldich es war", rangierte er problemlos zurück zu der Verflossenen, „awwer der Dialekt hat mer als emal die Luft eraus gelasse!", resümierte er. „Wo die Frau sacht in Ek- stase, komm sei lieb zu mir, sach Hase!", sächselte er jetzt gekonnt drauflos, um mir so seinen erotischen Vorbehalt gegenüber den sächsischen Frauen vor Augen zu führen.

„Das kann ich verstehen", sprang ich ihm brav zur Seite und er- munterte ihn, weitere Erinnerungen auszuplaudern.

„Von de Schwäbisch Alb hat ich aach emal Aa!", ließ er sich schließlich hinreißen. „Wann die so richtich bei de Sach war und off Schwäbisch losgeleecht hat, dacht ich als, ich wär middem ‚Sei- tebacher' intim! Das war ned immer leicht, da debei fokussiert ze bleiwe! Hinnerher hab ich mer als immer e ‚Bergsteicher Müsle' aus em Kühlschrank geholt. ‚Es Müsli denach', quasi!" Hier sammelte er sich und entschied zu meinem Leidwesen, es bei dieser einen

Indiskretion zu belassen. Vielleicht hatte er mir auch die Hitzewallung angesehen, den diese Dosierung bereits ausgelöst hatte. So wankte ich schließlich zurück ans Tageslicht und lies den Einzelhändler mit seinem Sortiment allein.

Heimkehr

„Das dich umgibt, belebest du;
Dein Auge gießt wie Saft der Reben
In tote Adern Geist und Leben
Und führt dem Herzen Feuer zu. "

(Jakob Michael Reinhold Lenz)

Endlich hatte die Wartezeit ein Ende, und gemeinsam mit dem nahenden Herbst, wehte es Herrn Feldmann über die Schwelle unseres Geschäftszimmers. War das ein Hallo! Frau Karazai, die, und das fiel mir erst jetzt auf, sich während meiner Abwesenheit ihrer Zahnspangen und den damit verbundenen Zischlauten entledigt hatte, lachte befreit auf und präsentierte uns zwei tadellose Zahnreihen. Herr Bärlauch, der in letzter Zeit immer anzüglicher die gute Lilo umschleimte, griff sofort zum Telefonhörer und unterrichtete den Silberrücken von der Rückkehr des Einzelhändlers. „Setz dich doch, Ingo, schön, dass du wieder hier bist!", drängte sie ihn, den Platz an ihrer Seite einzunehmen und stellte für den anwesenden Teil der Belegschaft einen Kaffee in Aussicht. Schon steckte Herr Bert sein weißes Haupt in die Türe und übernahm das Kommando.

„Freut mich, Herr Feldmann, dass Sie sich für die enge aber warme Weste entschieden haben und uns wieder unterstützen wollen!", hob er an und verlangte ebenfalls nach einem Kaffee, der ihm von Herrn Bärlauch artig serviert wurde. „Sie sitzen mit dem Eberl zusammen. Wo ist der eigentlich? Die Frau Mangold ist umgezogen! Herr Eberl wird Sie mit den neuen Aufgaben vertraut machen, aber soviel werden sie ja nicht verlernt haben, in ihrem Lädchen", schlussfolgerte er ein wenig despektierlich. „Jetzt richten Sie sich erstmal ein und dann geht's ran, es gibt viel zu tun!"

„Immer mit de Ruh, ich hab noch e paar Sache zu erlediche, Herr Bert, so schnell gehts ja aach nedd, ich bin ja grad erscht angekomme!", begehrte er auf. Doch der Zampano hatte offensichtlich miese Laune und ließ sie raus.

„Unter Druck, Herr Feldmann, entstehen Diamanten", schnarrte er unerwartet geistreich und schaute Beifall heischend in die Runde. Doch mein Guru blieb gelassen und konterte die These vorbildlich: „Ja, ja, Herr Bert, unter Druck, iss awwer aach schon so manch Kloschüssel verdreckt worn!"

Chapeau, Ingo, welch ein Return!

Später half ich ihm seine Utensilien aus dem Auto ins Büro zu schaffen und wunderte mich über die vielen Kisten und Schachteln. Aus der Tiefe des Raumes wehte uns ein Hauch von Kompost an, für den Herr Eberl sofort gerade stand. „Ich mach' mal gschwind das Fenster auf!", schwäbelte er versöhnlich und versorgte uns mit Frischluft. Ingo zeigte sich von der schalen Atmosphäre unbeeindruckt, platzierte die mitgebrachte Kaffeemaschine und schloss sie ans Stromnetz an. „Jezz mache mer uns als erschtes emal en Kaffee, Diedä!", wollte er mich offensichtlich für meine Mitwirkung belohnen und parallel dazu den Geruch verbessern. „Trinke Sie auch ein, Herr Eberl?" Noch während Herr Eberl mit einem ‚Hanei' meinen Freund vor ein Rätsel stellte, entdeckte ich in einem der Umzugskartons ein Foto, das unter einer Zeitschrift hervorlugte und das ich mir gerne näher angesehen hätte. „Wer ist denn das da auf dem Foto? Ist das die Rita?", animierte ich ihn, mir das Geheimnis zu offenbaren.

„Nee, Diedä, das is es Melanie, die hab ich emal üwwers Internet kennegelernt!

Die is aus em Ruhrpott, aus Mühlheim, wann de das kennst! Awwer weißt ja, wie das iss, mit de Internet Bekanntschaffte!"

„Nein!", stellte ich mich ahnungslos und bat um Aufklärung. „Das liest sich alles ganz schö, awwer die Wirklichkeit sieht oft anners aus!" Hier zog er das Bild unter der Zeitschrift hervor und reichte es mir zur Ansicht. „Es Melanie iss schon ganz schö anzugucke, sucht awwer eichentlich Aan, der ihr die Ferz finanziert!", resümierte er und enthüllte gleich darauf sein Talent zur Imitation: „Der wat anne Füße hatt!"

Durch das Fenster blies ein frischer Wind in die Stube und ließ uns frösteln. Vielleicht war es aber auch der lautlose Vertrauensbeweis, der Herrn Eberl offenbar entfahren war und mich drängte, das Zimmer schleunigst zu verlassen und meiner eigentlichen Arbeit nachzukommen. Doch Ingo hielt noch an Melanie fest: „Naachelstudio, Fusspfleje und Solarium es eins", holte er Luft, um gleich darauf fort zu klagen, „falsche Wimpern, Tuppees, BH-Polster un dick des Make-up droff! Das iss von Weitem alles schö un appetitlich, awwer wenn se sich awends auspackt und das ganze Gelerch in die Schublaad leecht, da waasde ned, ob de bei ihr oder in de Schublaad schlafe sollst! Wenn de verstehst, was ich mein?"

Ich verstand. Nur Herr Eberl schaute orientierungslos oder war mit seiner Selbstkontrolle beschäftigt. Für's erste hatte ich genug und auch die schnorchelnde Kaffeemaschine konnte mich nicht mehr umstimmen.

Anderntags trug Herr Feldmann ein Tablett mit Stückchen über den Flur und avisierte einen kleinen Einstand. „Sind die von gestern übrig geblieben?", argwöhnte Herr Wambold reflexartig, konnte aber den Einzelhändler nicht zu einem Konter hinreißen.

„Vielleicht könne mer uns geeche Neun im Geschäftszimmer zesamme sezze!? Die Lilo macht bestimmt en Kaffee, gelle Lilo?", lächelte er zwinkend und verschwand in seiner Räucherkammer.

Verlockt von der Aussicht auf ein wenig Zerstreuung, ließ ich mich später an der Seite des Spenders nieder und bat um eines seiner Stückchen.

„Die sinn vom Kornmaier, unne am Bahnhof, immer frisch, Diedä, Eins A! Da gibts nix vom Vortaach, zumindest tät ich das nedd de Kolleeche anbiete!", klärte mich Ingo über die angebotene Qualität auf und zeigte sich gegenüber Herrn Wambold ein wenig verstimmt und nachtragend: „Mir sinn ja hier nedd bei Piesepobels, gelle Bodo!"

Herr Wambold quittierte den Satz überraschend mit der Frage: „Wisst ihr eigentlich, wie sich die Lieblingsthemen von de Mensche mit dem Älterwerden verändern?" Nachdem er sich kurz von der Ahnungslosigkeit in unseren Gesichtern überzeugt hatte, schob er auch schon die Antwort nach: „Von Zwanzig bis Vierzig ist, ganz klar, der Sex das Thema Nummer Eins. Zwischen Vierzig und Sechzig sind es die kulinarischen Genüsse!" Jetzt baute er durch tiefes Einatmen einen Spannungsbogen auf, bevor er die Pointe siegesgewiss in die wartende Runde posaunte: „Von Sechzig bis Achtzig isses de Stuhlgang, hö, hö, höööö!"

„Ach Bodo, du altes Ferkel!", wehrte sich Frau Karazai zunächst gegen die rüde Erkenntnis, obschon sie, wie das darauffolgende Schnauben verriet, sie eigentlich ganz hinreißend fand.

„Wie alt bist du eigentlich, Bodo?", brachte sich Frau Neubert jetzt naseweis in den Fokus und zwang den Menschenkenner zum Nachdenken.

„Ei, Dreiundfuffzich, Pia!", schüttelte Herr Wambold die Frage ab, „ich hab noch ein bisschen Spaß, wenn de das meinst!"

Geistesgegenwärtig griff nun Ingo in die drohende Dissonanz ein und nahm mit den Worten „ich hab noch e schö Geschicht aus Lange Aubach" die Schärfe aus der Unterhaltung. „De Fritz, e Bäuerche aus Lange Aubach", intonierte er freundlich, „war vom Besuch beim Dokter heimgekomme un war ganz verzweifelt. Sei Frau, es Ella, hat en gleich gefraacht, was dann mit em los wär. Er tät ja so äbsch gucke. Ei, hat de Fritz gesaacht, er müsst bis Üwwermorje e Urinprob, e Stuhlprob unn e Spermaprob abgewwe und er wüsst gar nedd, wie er das alles in der korz Zeit mache sollt. ‚Aoch, Fritz', hat da es Ella gesacht, ‚doa (dann) gibst de em Dokter aofach doi aale Manschesdern-Huose'!"(Manchester-Hosen)

Augenblicklich schnellte die Raumtemperatur dem Siedepunkt entgegen und auch mir wurde bei der Antwort der westerwälder Pragmatikerin wohlig warm ums Herz. Einzig Frau Karazai ließ ein ‚Igittigitt, ekelhaft!' vernehmen. Während Herr Wambold bei dem Wort Stuhlprobe kurzzeitig in sich zusammengefallen war und die Atmung eingestellt hatte, wollte Frau Neubert wissen, was denn um Himmelswillen ‚Manschesdern-Huose' seien.

So gelöst plätscherte der Vormittag dahin, bis schließlich Herr Bert seinen Silberrücken durch die Tür schob und die Runde an ihre Pflichten erinnerte.

Gleich würde ein Inspizient durch die Abteilung kommen und sämtliche Elektrogeräte auf ihre Sicherheit hin überprüfen. „Der wird bestimmt auch Bodos Kühlschrank unter die Lupe nehmen", grinste Herr Bärlauch ahnungsvoll und inspirierte den Silberrücken zu dem Ratschlag: „Nehmen Sie ihren Wärmetauscher besser gleich vom Netz, Herr Wambold, bevors Ärger gibt!"

Und tatsächlich, er sollte Recht behalten! Eine halbe Stunde später erschien ein gewichtiger Herr, ging von Raum zu Raum und nahm alle elektronischen Geräte in Augenschein. Radios, Steckdosen, Kaffeemaschinen und eben auch den tadeligen Kühlschrank. Angeregt durch die Bärlauch'sche Prophezeiung schob ich mich neugierig hinter ihm her, mitten hinein in das Reich des Preisfuchses. Dessen erhitztes Haupt umkurvten, wie gewöhnlich, einige Obstfliegen. Diesmal allerdings in serpentinenförmigen Bahnen, die auf einen gewissen Argwohn der Tiere hindeuteten. Vielleicht war Herr Wambold tatsächlich in der Lage, das Kraftfeld seiner Schädelplatte zu beeinflussen und wie es Ingo einmal ausgeführt hatte, den jeweiligen Gemütslagen anzupassen.

Die Stimme des Inspizienten riss mich aus meinen Betrachtungen.

„Was ist denn das für ein Teil?", deutete der Fachmann für Arbeitssicherheit unverblümt auf den mit Strukturfolie beklebten Kasten, der auf dem Lüftungsschacht der Heizung vor sich hin brummte und brav einen Sechserpack Pilsbier kühlte. „Was soll das schon sein, das ist ein kleiner Kühlschrank, um mal was kalt zu stellen!", erwiderte Herr Wambold wahrheitsgetreu und sprang seiner Schatztruhe tapfer zur Seite.

„Vielleicht hat er sich den Kühlkasten zugelegt, um seine Kotproben künftig diskreter konservieren zu können, flüsterte mir Frau Neubert verstohlen ins Ohr", die leise und vollkommen unbemerkt hinter mir Stellung bezogen hatte.

„Sind Sie noch ganz knusper?", entfuhr es dem Eindringling, dann riss er den Stecker aus der Verteilerdose. „Das ist doch wohl nicht ihr Ernst? Sie können doch nicht diese Bastelarbeit ans Netz hängen! Die bettelt ja um einen Kurzschluss!

Schneiden Sie sofort das Kabel durch!", holte er Atem, sammelte sich aber gleich darauf wieder. „Das tut mir leid, aber das kann ich nicht durchgehen lassen. Beim besten Willen nicht", warb er um Verständnis und reichte dem staunenden Wambold eine Kabelschere. Grummelnd kam dieser der Aufforderung nach und durchtrennte das Kabel. Umgehend wollte ich meinem Idol von dem Ereignis berichten und drängte zurück auf den Flur. Beim Verlassen des Zimmers sah ich noch, wie auch die winzigen Kunstflieger ins Trudeln gerieten, so als hätte die Wambold'sche Schädeldecke augenblicklich ihr Kraftfeld verändert.

Am Rhein

Berg' und Burgen schaun herunter
In den spiegelhellen Rhein,
und mein Schiffchen segelt munter,
rings umglänzt von Sonnenschein

Freundlich grüßend und verheißend
Lockt hinab des Stromes Pracht;
Doch ich kenn ihn, oben gleißend,
birgt sein Innres Tod und Nacht

(Heinrich Heine)

Wie jedes Jahr im September stand auch dieses Mal wieder eine
,teambildende Maßnahme' auf dem Programm und unsere Abteilung fuhr mit dem Zug nach Assmannshausen, an den Rhein.
Ein Sündenpfuhl, wie sich herausstellen sollte, der aber bei vielen
Firmen und Vereinen hoch geschätzt ist. „Ich wär liewer woan-
ners hin gefahrn, awwer off mich hört ja keiner!", weihte mich
Herr Feldmann in seinen Vorbehalt gegenüber dem Reiseziel ein.
Die unzähligen Hotels und Gasthäuser des Ortes, die hingestreckt
am Ufer des Rheins lagen, waren auf die erlebnishungrigen Kurz-
urlauber eingestellt und boten, besonders in den Wochen der
Weinlese, eine wunderbare Plattform für das schnelle Vergnügen.
Rasch hatten einige beziehungsmüde Kollegen jegliche Zurückhal-
tung abgelegt und sich, auf der Suche nach Zerstreuung, dem erotischen Angebot der anderen Reisegruppen zugewandt. Auch ich
ertappte mich dabei, wie ich mich kurzzeitig in billige Phantasien
verrannte. Nicht so mein Held.
„Ne, Diedä, das is doch unner aller Sau, guck doch emol wie de
Bärlauch, der Schleimer, sich do an die Anner ranschmeißt! Nicht
zc glauwe! Der iss doch verheirat unn aach noch mit er ganz nedd
Fraa!", echauffierte er sich und schnaubte in seine Schorle.

„E bissche Spass es ja ganz schö, awwer das da es doch Sodom unn Gomera!"

„Gomorrha!", berichtigte ich ihn, ohne jedoch ein Licht in seinem Blick entfachen zu können.

„Saach ich doch, alles Heuchler! Grad de Bärlauch, das iss die Stradivari unner de Arschgeiche", schraubte er sich hinauf in höhere Sphären, um schließlich mir, seinem Vertrauten, etwas Brauchbares aufzutischen. „Der hat ja vielleicht noch e Ding gebracht, als du fort warst, da en dem Land do oowe", offenbarte er, parallel zu der nun folgenden Geschichte, geographische Kompetenz. „De Bodo hat doch da den Bekannte vom Fluchhafe, bei de ,Lost and Found', der em als die Koffer besorcht. Waasde doch, von dene Vielfliecher un Pilote." Nein, ich wusste es nicht und fragte nach.

„Ei, der bringt dem doch als immer die Koffer mit, die nur so e paar klaane Kratzer hawwe, un die von dene betroffene Passagiern reklamiert wern. Die wern dene ja ersetzt, von de Fluchgesellschaft. Die krieje dann neue. Awwer die Angestellte von de ,Lost and Found' werfe die reklamierte Koffer naddierlich nedd oifach fort, wie's eichentlich richtich wär, sondern nemme die aach manchmol mit haam un verkaafe se dann off em Flohmarkt oder tun ihr Verwandschaft dademid ausstatte. Das darf nadierlich kaaner wisse, dass die dademit Handel treiwe. Unn so hat der Bekannte da vom Bodo aach em Bodo immer emal en Koffer verkaaft. De Bodo verkäuft se dann weiter. Halt e bissche teurer, kenntst ja de Bodo. Es is ja aach fast nix dran an dene Dinger, warum sollt mer se fort schmeiße. Na ja, unn so hatt de Bodo aach unserm Bärlauch so en Koffer verkaaft. Man muss dezu saache, dass bei dene Koffer nadierlich nedd immer Schlüssel debei sinn, weil die ja während de Reklamation bei de ,Lost and Found' offgemacht wern und die Passagiern ihr Klamotte eraus nemme tun. Awwer wann de doch so en Hartschalekoffer für dreißich, vierzich Euro hawwe kannst, iss das doch eichentlich egal".

„Ja und, was ist jetzt da so besonders dran?", hielt ich ihm entgegen, da ich von der Geschichte bislang enttäuscht war.

„Ei warts ab, das musst du dir vorstelle", bat er um Geduld und wandte sich seelenruhig an die Bedienung. „Mache se uns noch zwei Schorle, Fräulein, sind se so gut!", erteilte er knappe Weisung. Nicht ohne sich bei mir zu versichern, dass er auch alles richtig gemacht hatte: „Du trinkst doch aach noch e Schorle, Diedä?" Nachdem ich ihm zugenickt hatte, nahm er den Faden wieder auf: „De Bärlauch wollt awwer gern en Koffer mit Schlüssel. Unn was e Glück bzw. Pech, dehaam hat er dann unnerm Griff von dem Koffer tatsächlich noch e Adressschildche mit em Name von dem Vorbesitzer entdeckt. Das war en Pilot, das konnt mer sehe, weil aach noch en ‚Crew-Sticker' off dem Koffer geklebt hat.

Unn jezz stell dir vor, was der Bärlauch gemacht hat. Der Knallkopp hat den Pilot angeschriewe un gefraacht, ob der vielleicht die Schlüssel von seim Koffer noch hätt unn se ihm schicke könnt." Hier machte er eine Pause und ließ mir etwas Zeit, um mir Gelegenheit zu geben, die ganze Tragweite der Erzählung zu erfassen. Nachdem ich ihm ratlos in die Augen geschaut hatte, forderte er mit den Worten: „Wie dämlich kann mer sei?", eine konkrete Stellungnahme, die er sich aber schließlich selber gab. „Das hat dem Mann natürlich gestunke, unn der hat widderum bei de ‚Lost and Found' nachgeforscht unn sich beschwert, wie das denn sei könnt. Wie da en Annere an sein Koffer käm unn ihn dann aach noch anschreiwe tät. Da kam das Ganze dann ins Rolle unn seit dem, logisch, gibst kei billiche Koffer mehr. Das war e mords Ding. Mit Nachforschunge, Polizei un alles. Das iss ja, wann mersch genau nimmt, Diebstahl, Hehlerei un alles. Ach Gott, war de Bodo sauer! Kannsde der ja denke! Die Neweeinkünfte warn futsch!" Hier holte er kurz Luft und feuchtete sich die Lippen mit einem kräftigen Schluck Schorle, um gleich darauf noch einen abschließenden Gedanken nachzuschieben. „Jezz waasde, warum ich den nedd ab kann, den Nassauer. Da siehsde de Unnerschied zwische ökonomisch und geizich. De Bodo iss ökonomisch! De Bärlauch iss en Geizhals wie er im Buch steht, unn aach noch ohne Verstand. Beim Häbbädd macht e immer de Feine unn schleimt erum, unn tut we waas wie korrekt. Awwer es iss alles gesaacht: ‚Die Stradivari unner de Arschgeiche'!"

‚Sieben Fässer Wein können uns nicht gefährlich sein', schmetterte Roland Kaiser jetzt aus einem Lautsprecher und trieb die Liebeshungrigen vor sich her auf die Tanzfläche. *Doch, Herr Kaiser! Bei allem Respekt, diese Fässer können gefährlich sein!* Und man sah es bereits deutlich an den irisierenden Blicken der lechzenden Meute.

„Jetzt guck dir das doch bloß emal an!", drängte mich Ingo seiner Beobachtung zu folgen, um mich im gleichen Augenblick vor dem Anblick zu warnen: „Ich kann gar nedd hingucke! Das iss doch ohne Worte!" Ich folgte seinem Blick und entdeckte in der wogenden Menge zunächst Herrn Wambold, der wonnetrunken ein älteres Kaliber umkreiste. Dabei hielt er die Augen geschlossen, hatte aber, dem Hier und Jetzt bereits völlig entrückt, die oberen Knöpfe seines fliederfarbenen Hemdes geöffnet, das ihm über dem Bäuchlein zwar ein wenig spannte, so aber die tanzenden Knochen solide beieinander hielt. Plötzlich tauchte hinter der wippenden Silhouette einer Tanzenden das vertraute Antlitz Herrn Eberls ins Scheinwerferlicht. Wahrscheinlich versuchte die schwäbische Lokomotive im Schutz der wogenden Menge ein wenig Dampf abzulassen. Geschickt kaschierte er seine Erleichterung mit schnip-

penden Fingern, die er im Rhythmus der Musik um sein Druckventil wedeln lies. Hut ab, Herr Eberl! Die entrückte Menge zeigte sich alles verzeihend oder war bereits so benebelt, dass ihr die Ausdünstungen schlichtweg entgingen.

„Der sich en Wolf tanzt", kommentierte Ingo die Ausdauer des tanzenden Kollegen, in Anspielung an das ähnlich klingende Filmepos mit Kevin Kostner.

‚Manchmal möchte ich schon mit dir ...', peitschte der singende Hirte, die folgsame Herde weiter voran. Und auch das analysierte mein Liebling messerscharf. „Von weche, ‚manchmal möchte ich schon mit dir', die sin jezz nedd mehr se halte, Diedä, ich sach ders, die wolle nur noch aans. Guck doch bloß emol, was der Bärlauch da für e Schnärch im Schlepptau hat! Nicht se glauwe! Hauptsach 36 Grad und es beweecht sich!", folgerte er provokant, um sich gleich darauf für diese derbe Entgleisung zu entschuldigen. „Tut mer leid, das sollt mer wirklich nedd saache, awwer es is doch wahr!" Neben uns leistete auch Herr Otto gerade Überzeugungsarbeit und knarzte geduldig auf eine reserviert wirkende Dame ein. Dabei wackelte er mit seinen mächtigen Ohrlappen und präsentierte ihr ungeniert deren üppigen Bewuchs.

„Da guck doch bloß emal, de Zewa!", machte er mich auf einen massigen Herrn aufmerksam, der gerade sein Glas in einem Zug leerte, um sich gleich darauf einer Polonaise anzuschließen, die sich zu Wolfgang Petrys Gassenhauer „Wahnsinn, warum schickst du mich in die Hölle ..." in Bewegung gesetzt hatte.

„Wer ist denn Zewa?", fragte ich ahnungslos und dachte noch, mein Freund hätte den Tanzbären zuvor an der Theke kennengelernt.

„Ei, Zewa, Diedä, Zewa!", wiederholte er knapp, um gleich darauf zu entschlüsseln „dick und durstich! Kennsde nedd die Werbung?"

Nach und nach verschwanden die ersten Paare in Nischen und Nebenzimmern. Manche verließen sogar direkt und ohne Zwischenspiel den Balzplatz und zogen sich auf fremde Zimmer zurück. „Morgen früh könnese hier die Schamhaarn aus em Treppehaus kehrn!", raffte sich Ingo nach einem Moment des Schweigens wieder auf. „Nedd, des ichs dene nedd gönne tät, Diedä, awwer ich verstehs oifach nedd. Wie kann mer nur so wahllos sei? Komm, mer bestelle uns noch so e Schorle! Damit mer off annere Gedanke komme!", sortierte er sich kurz und gab bei der Bedienung zwei weitere dieser prickelnden Betäubungsmittel in Auftrag.

„Meinst du nicht, wir hätten genug?", bäumte ich mich kurz auf, konnte mich aber nicht durchsetzen. Zu hart kam der Return und erwischte mich auf dem falschen Fuß! Ingo parierte den Einwand mit einem Zitat seines ‚Schwaachers‘ und wechselte dazu mühelos in den westerwälder Dialekt: „All siej woann aich besoffe soi, kaaner siejt, woann aich Durscht hu!" (Alle sehen, wenn ich betrunken bin, keiner sieht wenn ich Durst habe!) Noch während ich gedanklich mit der Übersetzung beschäftigt war, parlierte er schon wieder in seinem Heimatdialekt und konfrontierte mich mit dem Credo : „Ach, Diedä, komm, geh fort, Aaner geht noch, mir trinke ja nedd zum Spass, gelle, mir trinke um ze vergesse!"

Gegen zwei Uhr morgens hatte sich die ‚Tauschbörse für Hefepilze und Chlamydien‘, wie mein Held den Schauplatz klassifizierte, fast geleert und so zahlten wir und machten uns auf den beschwerlichen Weg, die Stiegen hoch in Richtung der Zimmer. Einige harrten noch an der Theke, philosophierten oder jammerten sich anderweitig die Ohren voll. Auch Herr Otto schien seine Chance vertan zu haben und hing kraftlos auf einem Stuhl. Den Oberkörper hatte er achtlos wie ein gewechseltes Hemd über die Lehne geworfen. Die Augen hielt er geschlossen. Nur der Hals einer Sektflasche ragte steil aufgerichtet aus seinem Schoße empor und rang Herrn Feldmann einen letzten Seufzer ab: „O Weh, das hat Symbolkraft!"

Schon am anderen Morgen, noch während des gemeinsamen Frühstücks, wurde erneut Sekt aufgetischt, um so, wie Herr Feldmann scharfsinnig bemerkte, die orientierungslose Kundschaft weiterhin an den Gastbetrieb zu binden. Was auch gelang! Noch bevor aus einer alten Standuhr donnernd die Mittagsstunde schlug, war der Rausch der letzten Nacht schon wieder aufgefrischt. Auch die bewährten Schlager hallten wieder durch die Gastzimmer und machten uns glauben, dass die Welt doch eigentlich ganz in Ordnung sei. Bald schon verhedderten wir uns in der irrigen Annahme, dass das dargebotene Liedgut der Wahrheit entsprach und belachten die Erlebnisberichte der Doppelzimmerbewohner.

So wurde beispielsweise bekannt, dass Herr Otto unter Schlafappnoe litt und mit einer Atemmaske schlief. Von den Kollegen Görzel und Bärlauch waren ihm zur Verbesserung des Sauerstoffanteils in der stickigen Luft sämtliche Grünpflanzen der Pension um sein Bett drapiert worden. Die beiden nannten das „Fleurop-Service" und hielten den Unfug für eine Mordsgaudi. Herr Otto selbst hatte sich beim ersten Wimpernschlag aufgebahrt in der Friedhofskapelle gewähnt und die Augen sofort wieder verschlossen. Herr Eberl hatte keinen Zimmergenossen gefunden und ärgerte sich, den Einzelzimmeraufschlag zahlen zu müssen.

Ich selbst hatte an der Seite meines Helden geruht, der untadelige Manieren hat und sich als vorbildlicher Beischläfer entpuppte. Einzig sein schneeweißer Schlafanzug, den eine Applikation der Borussia aus Mönchengladbach zierte, erregte mein Aufsehen. Diese extraordinäre Zuneigung zu dem niederrheinischen Fußballclub hatte er mir bislang verschwiegen.

„Ja, früher sei ich als emal off de Bökelberg gefahrn, weil mein Opa doch do herkimmt, verstehsde? Awwer heut guck ich nur noch Samstaachs die Sportschau", erklärte er mir auf die Frage, wie er zu diesem provokanten Textil komme. Auch, dass er ein eigenes Kopfkissen mit eingestickten Initialen mit auf die Reise genommen hatte, erheiterte mich. „Ei, das hat mer mei Mudder gemacht unn da nemm ichs aach mit! Die hatte große Zeite", schlug er noch einmal einen Bogen zu dem heimlich verehrten Club, „mit em Hacki Wimmer, em Bernd Rupp, em Heynckes un em Simonsen!" Er erzählte von Weisweiler, dem legendären Trainer und einem Mann, dessen Namen ich vergessen habe, der aber aus der Tiefe des Raumes gekommen sein soll. Diese Aussage nahm ich nicht weiter ernst und schrieb sie dem maßlosen Alkoholkonsum der letzten Stunden zu.

Plötzlich und unvermittelt stand der Preisfuchs im Raum und präsentierte triumphierend drei schmucke Damen, die er als Ingelore, Lotti und Brunhilde aus Friedberg vorstellte und uns quasi auf die Strecke legte. Regelmäßig verstand es dieser kühle Rechner, die Belegschaft zu verblüffen. Schnell schufen die zu neuem Leben erwachten Kollegen den nötigen Platz. Unter ihnen auch Herr Otto, der die wenigen Stunden Schlaf zu einer bemerkenswerten Regeneration genutzt hatte.

„Gott sei Dank, iss de Eberl nedd do", wandte sich mir mein Herzblatt zu und legte sich eine zweite Scheibe Jagdwurst auf's Brötchen. Es entwickelte sich eine lebhafte Kommunikation, die mit wenigem Inhalt auskam und sich eher auf die großen Gesten beschränkte. „Mensch Ingo, du könntest uns ja eigentlich mal was auf dem Klavier vorspielen!", entfuhr es plötzlich Herrn Bärlauch, der das etwas lieblos platzierte Klavier im Nebenraum unseres Gastzimmers entdeckt hatte.

„Kommt ja gar nedd in Fraach!", reagierte mein Nebenmann zunächst störrisch, ließ sich dann aber von den entzückt aufquiekenden Wetterauerinnen weichklopfen.

„Ma gucke, ob das Ding üwwerhaupt stimmt", gab er zu bedenken und würgte den letzten Bissen seiner Frühstückskreation hinab. Offensichtlich hatten ihn die drei Damen bereits wund geschossen.

Er öffnete den Deckel des Möbels und drückte nacheinander einige Tasten. „Scheint ze stimme", ließ er uns wissen und nahm dann auf dem dazu gehörenden Hocker Platz. Schon erschien die Wirtin und schaute besorgt um die Ecke. „Sind Sie so gut, junger Mann, wir haben das Klavier erst kürzlich richten lassen! Gehen Sie vorsichtig damit um, wenn Sie überhaupt spielen können!"

„Das werden Sie gleich hören!", sprang ihm Herr Otto sofort zur Seite. Vielleicht in der Hoffnung, etwas von dem erwarteten Sternenstaub auch auf sich selbst herunterrieseln lassen zu können. Jetzt fühlte sich der ‚Weiße Borusse' gefordert! Er fackelte nicht lange, sondern haute beherzt ‚Good Golly Miss Molly', von Little Richard, in die Tasten des kürzlich gerichteten Teils. Die Meute johlte und sonnte sich in dem dargebotenen Glanze. Schließlich lebte und arbeitete man ja im Dunstkreis dieses grandiosen Unterhaltungskünstlers. Bei dem Titel ‚Lucille' wirbelte Herr Wambold die Wetterauerin Ingelore durch die Gaststube und selbst Herr Bert, der diese Rheinpartie eher als notweniges Übel durchlebte, schien der Rock'n Roll durch sämtliche Glieder zu fahren. „Wenn der so arbeite tät, wie er spielt", ließ er uns wissen, „wär's nicht zum Aushalte!" Lotti klatschte vor Begeisterung in die Hände und konnte den Blick nicht mehr von dem Entertainer lassen, der nun den Deckel zumachte und sich zurück in den Schoß des Kollegiums begab.

„Die nächste Runde geht aufs Haus!", zeigte sich die Wirtin ebenfalls verzückt und schleppte eine Runde ‚Jägermeister' heran. „Das war ja ganz toll, Ingo!", machte sich Lotti an meinen Liebling heran, „spielst du schon lange? Wahnsinn, das hab' ich mir schon als Kind immer gewünscht. Einmal so spielen zu können!", und fügte zu meinem Leidwesen in breitestem Hessisch hinzu: „Das war der Hammä, das geht mer dorsch un dorsch." Dabei zog sie eine Augenbraue nach oben und schaute den Rock'n Roller vielsagend an. Der Umjubelte konnte diesem Blick, Ridda hin oder her, nicht lange widerstehen und zeigte ihr schließlich seine Zahnlücke. Augenblicklich wusste ich, dass er die Beherrschung und ich ihn, zumindest für die Dauer des Betriebsausfluges, verloren hatte.

Am darauf folgenden Tag hatte der Spuk ein Ende und die Flüchtlinge steuerten brav in die ehelichen Häfen zurück. Die Glanzlichter wurden während der Zugfahrt noch einmal aufgewärmt und Revue passieren lassen. Einzelne gaben vor, sich nicht mehr recht erinnern zu können und hofften so, sich einer weiteren Verfolgung zu entziehen. Nur Herr Wambold blieb konsequent: „Das war doch klasse, nächstes Jahr fahrn mir wieder hin!" Leider fehlte unser ‚Piano Man', was aber keinen Anlass zur Sorge gab, wurde er doch in den Armen der Wetterauerin vermutet.

Hoher Besuch

„Wer über das Reden nicht nachgedacht hatte,
wusste auch nichts vom Verstummen. "

(Sten Nadolny, Selim oder die Gabe der Rede)

Anstehender Besuch des Staatssekretärs Hausberger in unserem
Hause! Besprechung morgen um 9.00 Uhr in meinem Büro. Teil-
nehmer: Frau Mangold und Frau Karazai, die Herren Bärlauch,
Görzel, Nell, Wambold, Eberl, Feldmann! Gruß, Bert.
Die E-Mail des Silberrückens entfachte ein Lauffeuer. Die Insze-
nierungen des Zampanos waren gefürchtet. Und ein solcher Besuch würde seinen Kessel gehörig unter Druck setzen!
Punkt neun hatten sich alle im ‚Indienzimmer' versammelt. Nur
Herr Wambold fehlte. Die Uhr auf dem Schreibtisch zeigte jetzt
drei Minuten nach neun.
„Wenn er nicht gleich herbei kommt, fangen wir ohne ihn an!",
grummelte der Zampano grantig. Der Preisfuchs griff aufgrund
seines schleppenden Biorhythmus' stets ein wenig später in das
Tagesgeschäft ein und wir alle wussten um diese Schwäche, hofften aber, dass ihn der besondere Anlass etwas beschleunigen würde. Als er mit fünfminütiger Verspätung endlich Platz genommen
hatte, wandte sich ihm der Silberrücken grußlos zu: „Schön, Herr
Wambold, dass Sie es sich auch einrichten konnten! Dann sind wir
ja jetzt vollzählig!'
Während der nun folgenden Besprechung unterstrich Herr Bert
mehrfach die Wichtigkeit des ‚Hohen Besuches'. „Da darf nichts
schief gehen! Urlaub und krank nur nach ausdrücklicher Geneh-
migung durch mich oder meinen Vertreter", quälte er sich in Hu-
mor, „ich brauche alle Leute, und zwar ausgeschlafen."
„O weh", hauchte mein Freund zu mir herüber und suchte wohl
etwas Tröstliches in meinem Blick. „Mir schmeckt der Besuch auch

nicht! Das können sie mir glauben, aber es hilft ja nichts!", begab sich der Zampano kurz auf Augenhöhe mit seiner Mannschaft, so als hätte auch ihn der Feldmann'sche Einwand angeweht, schwang sich aber gleich darauf wieder in höhere Sphären und referierte über frühere Besuche ähnlicher Bedeutung, bei denen er, ganz „Alter Hase", eine prima Figur gemacht hatte.

„Manchmol wünscht ich, ich hätt aach in de Ohrn en Schließmuskel", kommentierte mein Gegenüber hinter vorgehaltener Hand den langatmigen Erguss des Vorgesetzten und damit nur für einen erlauchten Zirkel hörbar. Herr Wambold, der ebenfalls zu diesem Zirkel zählte und das Flehen des Freundes nach solch einer anatomischen Missbildung vernommen hatte, dankte es mit einem seligen Glucksen. Dabei ließ er sogar seine Schultern ein wenig auf und ab wippen. Rasch warf ich einen Blick in Richtung seines Hauptes, um die Resonanz dieser Gefühlsregung an den Flugbahnen seiner Obstfliegen ablesen zu können, wurde aber enttäuscht. Offensichtlich hatte er die Tierchen noch nicht so weit, dass sie ihm auch in fremden Luftraum folgten.

„Der Hausberger ist humorlos", holte uns der Silberrücken wieder zurück in die Wirklichkeit. „Er wird unangenehme Fragen stellen. Budgetierung, Personalansatz, Sachausstattung, Effizienz, etc., etc. Herr Görzel, Sie werden ihren aktuellen Fall vorstellen. Am besten als kleine Power Point Präsentation, 20 Bilder, round about", gab er sich weltgewandt. „Alle anderen stellen sich auf die möglichen Fragen ein und halten Zahlen, Daten und Fakten tabellarisch vor. Sie, Frau Karazai, richten den Besprechungsraum im ersten Stock her. Kaffee, Getränke, Gebäck, das Übliche. Herr Bärlauch, Sie nehmen die Delegation am Parkplatz in Empfang und bringen sie zu meinem Büro.

Nach der Begrüßung und ein paar warmen Worten werde ich dann mit ihnen in den Besprechungsraum kommen. Herr Eberl, Sie sind bei der Veranstaltung außen vor, halten sich aber im Geschäftszimmer auf Abruf bereit. Gegebenenfalls findet ein kleines Mittagessen statt, an dem aber außer mir nur zwei, drei Kollegen teilnehmen werden. Es sei denn, der Hausberger wünscht etwas anderes. Damit muss man bei ihm rechnen. Er sucht manchmal das spontane Gespräch, macht auf kollegial und stellt dann Fang-fragen. Sollte es tatsächlich dazu kommen, überlegen Sie bitte ein-mal mehr was Sie sagen! Ich will niemandem zu nahe treten, gell Herr Feldmann. Frau Karazai, Sie reservieren einen Tisch in der ‚Bunten Gans‘, für ca. acht Personen. Wie gehabt! Das war's für Erste, wenn mir noch was einfällt, komme ich auf Sie zu!"

„Die hat mer grad noch gefehlt, die Show!", ließ mich Herr Feld-mann beim Rausgehen an seinem Unmut teilhaben und imitierte den Zampano: „Ich will ihnen ja nicht zu nahe treten, Herr Feld-mann. Der kann mir die Schuh offpumpe, der Depp! Jezz mach ich uns ersch emal en Kaffee!", lotste er mich in sein Büro und öffnete das Fenster. „Waasde, Diedä", hob er an und spreizte ei-nen Kaffeefilter auf, „ich hab kaa Angst vor dem Zimmermann sein Fraache, höchstens vor meine Antworte", offenbarte er ein-mal mehr seine ganze Klasse und lachte die Kaffeemaschine an, die daraufhin tatsächlich ihre Arbeit aufnahm und zu schnorcheln begann.

Die nächsten Tage standen ganz unter dem Zeichen des ‚Hohen Besuchs‘ und waren von abenteuerlichen Mutmaßungen bestimmt. Herr Eberl wirkte beleidigt und zurückhaltend. Die Ausgrenzung durch den Zampano hatte ihn offensichtlich verletzt und auch das Unverständnis seines Zimmerpartners erregt.

„So'n Staatsekretär könnt doch ruhich emal erlewe, unner was für Bedingunge mir hier so arbeite!", kritisierte mein Liebling die Bert'sche Entscheidung. „Der Mann iss krank unn wann er statt Blähunge Heuschnubbe hätt, tät er aach teilnemme, wie alle an-nern aach."

„Er kann sich aber im Ernstfall den Ellenbogen vor die Nase halten und außerdem sind die Symptome bei Heuschnubbe erträglich", konterte Herr Wambold und fand damit den uneingeschränkten Beistand der Befürworter der Diskriminierung.

Am Morgen des ‚Großen Tages‘ kam ich gemeinsam mit Frau Mangold aus dem Fahrstuhl, als wir Herrn Feldmann vor uns aus der Toilette biegen sahen. „Was hat der denn da aus der Hose hän-gen?", entfuhr es meiner Begleiterin. Dabei deutete sie auf dessen Hosenbund und bog sich vor Lachen. „Das gibt's doch nicht! Siehst du auch was ich sehe", versicherte sie sich ihrer Wahrnehmung und stieß dann ein mahnendes ‚Ingo' hervor. Und tatsächlich flatterten dem Sonnyboy einige Blatt Toilettenpapier aus der Hose, und hingen, als er inne hielt, wie das Ende einer langen Schleife lose an ihm herab. „Gut, dass nicht gerade jetzt die Delegation aus dem Fahrstuhl gestiegen ist", ließ sie ihn zunächst im Unklaren, um ihn gleich darauf auf das Missgeschick aufmerksam zu machen: „Du hast da was hängen, Ingo!" Meine ‚Quelle und Kraft' schaute an sich herab und erkannte zunächst nicht um welches Anhängsel es sich da handelte, riss dann aber mit einem Ruck die Blattsammlung aus der Hose und erklärte gefasst, dass die Blätter ihm wahrscheinlich am Hintern kleben geblieben seien, als er sich von der Brille erhoben habe. „Ich leg mer als immer Papier off die Brill, sonst könnt mer sich ja sonst was hole! Immer vier Streife, off jed Seit aan", weihte er uns schließlich in eines seiner intimste Rituale ein. Beschwingt durch diese unerwartete Offenbarung wanderten wir zurück an unsere zugewiesenen Plätze.

Dann war es soweit. Herr Wambold, der sich für den offiziellen Anlass extra in ein dunkles Tuch gezwängt hatte, übernahm, auf ausdrückliche Weisung des Zampanos, die Rolle des Herolds: „Sie sind da! De Bärlauch iss schon unterwegs und holt se ab!" Ein paar Minuten später lotste der Streber die Delegation, die gruß-los an den offenen Türen vorbei paradierte, in Richtung des indischen Zimmers. Während in den meisten Stuben geschäftige Hektik simuliert wurde, hatte mein Guru seinen Ashram verlassen und erschien an meinem Schreibtisch. „Da tät ich am liebste grad haam gehe! Die arrogante Arschgeiche! Die hawwes nedd nötich ‚Gemorje' se saache. Unn für die solle mir hier den ganze Zirkus mache. Das war das Schöne in meim Lade. So Leut hätt ich afach nedd bedient, Diedä!", verschaffte er sich Luft und ließ sich auf einen Stuhl sacken. „Das sin doch alles Karrieriste! Mir sin dene doch scheißegal", mutmaßte er und hielt mir einen Pfefferminz-bonbon unter die Nase. „Hier, Diedä, geje Mundgeruch", kompromittierte er mich, relativierte aber sogleich seine Feststellung mit den Worten: „Nedd, das du rieche tätst, die beruhiche auch!"

„Ich brauche mich gar nicht zu beruhigen", wehrte ich das Angebot zunächst ab, kam aber gegen das Argument: „Das is doch egal,

Diedä, nimm, die sin aus em Lade!", nicht an. Während wir stumm vor uns hin lutschten und den scharfen Atem wieder durch die Backenzähne ausstießen, hörte ich plötzlich die Stimme des Silberrückens, der gerade Herrn Görzel vorstellte und damit den Rest der Truppe konkludent in Alarmbereitschaft versetzte. „Herr Görzel", hörte ich ihn schnarren, „einer unserer erfahrensten Mitarbeiter! Er wird Ihnen später den ‚Riga-Komplex' vorstellen!" Dann war Frau Mangold an der Reihe und Ingo nutzte die Gelegenheit, zurück in sein Büro zu huschen.

Nachdem Herr Bert die Besucher durch die Zimmer geführt und das vorbildliche Betriebsklima mehrmals betont hatte, bat er in den Besprechungsraum. Hier hatte Frau Karazai ihr Feld bestellt und offerierte Kaffee und Gebäck. Auch Herr Otto machte seine Sache ordentlich, wie den wohlwollenden Blicken des Silberrückens zu entnehmen war. Sein Vortrag präsentierte die hohe Qualität unserer Arbeit und die anfangs steife Atmosphäre entspannte sich mehr und mehr. Schließlich entwickelte sich sogar eine rege Diskussion über Sinn und Unsinn diverser Regelungen und Vorschriften. Die drei ‚Hohen Herren' gaben sich verständnisvoll und volksnah.

Dies muss die Sinne meines Helden ein wenig benebelt haben. Denn völlig unbedrängt schaukelte er schließlich den Satz hervor, es gäbe durchaus noch Einsparungspotenzial und Möglichkeiten der Effizienzoptimierung. Wie eine Ankerkette durchrasselte dieser Satz des Großmeisters die lockere Stimmung. Woher er die Termini gefischt hatte, interessierte einzig mich und das auch nur am Rande. Alle anderen konzentrierten sich auf den chameleongleichen Farbwechsel der Bert'schen Stirnpartie, erkannte der gewiefte Silberrücken doch sofort das Fadenkreuz in der Pupille des sich nach vorne beugenden Staatssekretärs. Auch Frau Mangold, die gegenüber Platz genommen hatte und die Farbspiele des Zampanos einfühlsam verfolgte, wurde kreidebleich. Erregt registrierte ich die Verfärbung ihrer Haut ins beinahe Tödliche. Denn man muss wissen, dass Frau Mangold von Haus aus bereits mit einer vornehmen Blässe ausgestattet war, die Herr Feldmann gerne kommentierte. „Die hat so e schö Alabasterhaut, Diedä, das gefällt mer arch gut!" Warum er dabei die beiden Adjektive arg und gut kombinierte, bewahrte er für sich.

Die Orgelklänge des Procol Harum Klassikers ‚A Whiter Shade of Pale' durchwaberten mein Hirn und fast hätte ich die Textzeilen leise mitgesungen:

'And so it was that later,
as the miller told his tale,
that her face at first just ghostly
turned a whiter shade of pale ...'

Leider blieb mir keine Zeit, die Klangtiefe der Hammond Orgel in meinem Geiste weiter zu verfolgen, die einst von Matthew Fischer gespielt wurde und deren Tonfolge an Johann Sebastian Bach erinnert.

„Können Sie das näher erläutern?", unterbrach Herr Hausberger die Stille und legte sie aus, die Fußangel, auf die mein Liebling jetzt geradewegs zuschnürte. „Manchmal haben wir, saisonal bedingt, nein saisonal ist vielleicht nicht das richtige Wort, aber ein anderes fällt mer jezz grad nicht ein, manchmal gibts einfach Leerlaufzeiten", tappte er mit einem Fuß hinein, um gleich darauf auch den zweiten hinten dran zu stellen: „In denen und da, glaub ich, spreche ich nicht nur für mich, wir uns unterfordert fühlen. Wir könnten und das is jezz nur eine Idee, quasi aus em Stehgreif, andere Arbeitsbereiche, bei dene ihrn Außedienste, gut unnerstütze. Dazu kommt noch, dass unsere Fahrzeuche nedd immer ausgelastet sind und lange Standzeite hawwe", ergänzte er arglos und verlor sich in der Annahme, seinen Samen auf fruchtbaren Boden zu streuen. „Setzt man die Sachkoste in Relation zur Laufleistung von so em Auto", redete er weiter drauflos, „ergibt sich ein nicht vermittelbarer Preis für die einzelne gefahrene Kilometer. Ich seh mich da auch als Steuerzahler!"

„Was der Herr Feldmann sagen will, Herr Staatssekretär", warf sich der Zampano nun mit knallender Peitsche in die Manege, um den geordneten Ablauf der Veranstaltung wieder herzustellen, „wir sind mitunter Schwankungen im Arbeitsaufkommen ausgesetzt.

Das heißt, es kommt gelegentlich zu Phasen negativer Produktivität, aber", hier richtete er sich auf und schlug mit den Fingerkuppen auf die vor ihm liegende Kladde, „aber und darauf möchte ich ausdrücklich hinweisen, haben wir auch Zeiten eines extrem hohen Arbeitsanfalls und ich bin froh, dass die in solchen Belastungsphasen geleisteten Überstunden dann von den Kollegen abgebaut werden können. Ich möchte hier nicht näher auf die Regelungen der Arbeitszeitverordnung, die Sie sicher alle kennen, meine Herren, eingehen." Hier sah er den ‚Steuerzahler' durchdringend an und isolierte ihn mit den Worten: „Wir haben die Problematik bereits intern erörtert und ich kann ihnen versichern, es handelt sich hierbei um eine Einzelmeinung, die dringender Relativierung bedarf. Vielleicht können wir später beim Essen noch einmal auf das Thema zurückkommen! Und im Übrigen – die Fahrzeuge werden natürlich in Abhängigkeit zum Arbeitsaufkommen gebraucht und das ist nun mal in unserem Job nicht immer vorhersehbar!"

Asche auf mein Haupt! Später haben mich Selbstvorwürfe geplagt. Warum bloß bin ich nicht eingeschritten und habe mich an die Seite meines Freundes geworfen und gemeinsam für flexiblere Arbeitsgestaltung und mehr Außendienst, nach dem Motto ‚weg vom Pflock', gekämpft? Ich wusste, Ingo schnurrte gerne durch die Gegend und ließ sich von Landschaft, Licht und Schatten inspirieren. Beim Sammeln dieser Anregungen hätte ich ihn doch wunderbar unterstützen können.

Herr Wambold erklärte später einfach und entwaffnend zugleich, dass er die Leerlaufzeiten gerne anderweitig nutzen möchte! Er wolle nicht hin- und hergeworfen werden, wie es gerade passt. Er wolle nicht während des Fahrens essen und dabei die Currywurst auf den Knien jonglieren. Ihm gäbe der Pflock und damit meinte er seinen Schreibtisch, den ersehnten Halt in einer unsteten Welt.

Er wolle lieber mit netten Kollegen warm und trocken sitzen. Da könne man auch nebenbei mal etwas Privates erledigen. Zum Beispiel einen Urlaub buchen oder bei Ebay stöbern.

Ingo fühlte sich jedenfalls von mir im Stich gelassen und ließ es mich spüren. Beim gemeinsamen Mittagessen suchte er nicht wie gewohnt meine Nähe, sondern tauschte mit einem Angehörigen der Entourage Höflichkeiten aus, was Herr Bert argwöhnisch beäugte. Während ich mit Frau Mangold und dem Preisfuchs den Beweihräucherungen der Alphatiere trotzte, löste sich die Verstimmung meines Freundes glücklicherweise etwas auf und er ließ mich schließlich wieder an seinen Betrachtungen teilhaben. Er hielt uns Feiglingen, wie er später erklärte, und dazu zählte er auch Herrn Wambold und Frau Mangold, zugute, dass wir uns wenigstens nicht an dem seichten Gesabbel während des Essens beteiligt hätten.

Im Anschluss an die Lunchpartie wurde noch ein Gruppenfoto gemacht, das den denkwürdigen Besuch der Nachwelt erhalten sollte und später tatsächlich einen Artikel der hausinternen Zeitschrift zierte. Ich bewahrte das Foto auf, zeigte es doch den rebellischen Beamten in seiner ‚Indiana Jones Jacke', versteckt hinter seiner dunklen Sonnenbrille und direkt neben dem Staatssekretär platziert, den er so erfolglos besamt hatte.

Nachdem die Gäste verabschiedet waren und der Silberrücken im Rahmen einer kurzen Nachbesprechung Lob und Tadel verteilt hatte, zogen sich alle in ihre Arbeitsbereiche zurück. Ich folgte dem mit ‚Gelb' belasteten Reformator in seine Kemenate, um ihn noch einmal für die unterlassene Hilfeleistung um Entschuldigung zu bitten. Auch erwartete ich ein wenig Erhellung bezüglich seiner angestrebten Prozessoptimierung. Beim Betreten des Refugiums umnebelte mich eine Melange aus Puup und Wunderbaum-Aroma. Herr Feldmann hielt den ‚Lufterfrischer' irgendwo im Raum verborgen, um die Eberl'schen Ausdünstungen etwas zu verschleiern und sich und etwaigen Besuchern den Aufenthalt erträglich zu machen. Der Schwabe schien beschäftigt und nahm wenig Notiz von uns Eindringlingen. Erst als ich noch einmal den Vorstoß seines Zimmergenossen skizzierte, warf er auf und wandte sich uns zu: „Des isch doch et dei Ernscht, Ingo! Ha, du Schafsäggl, wie kannsch du sowas saga, hasch du no alle Schpeile (Speichen) am Rad?"

Der Gescholtene dachte die Frage mit einem schnoddrigen „na und?" parieren zu können, erkannte aber sogleich, dass dieser lasche Return keinerlei Wirkung zeigte.

„Was heisch dahana ‚na und'? Du schneitscht dir die Fussnägl ond hascht die Socka no an, du Granatedackl!", schaltete dieser nun einen Gang höher, erhob sich schnaubend und stapfte aus dem Zimmer. Irritiert schaute ich ihm hinterher und bedachte die Schärfe in seiner Stimme mit einem disqualifizierenden „Ha noi."

„Ach, Diedä, reg dich nedd off, dem saß vielleicht nur en Forz quer!", überging Ingo mit überraschender Altersmilde meinen erbärmlichen Versuch solidarischer Wiedergutmachung. Doch irgendwo schwelte es in ihm und die Zugluft des offenen Fensters schien den Brandherd erneut zu entfachen.

„Waasde, manchmol wär mirs aach liewer, wann er in em Windpark unnergebracht wär, der Bluasarsch! Unn zwar Offshore! Unn ich hätt e paar Aktie en dem Unnernehme! Awwer mit so Gedanke tut mer sich nur selbst vergifte. Er kann ja nix defür. Unn eichentlich iss er en liewe Kerl!"

Schläft ein Lied in allen Dingen, die da träumen fort und fort und die Welt hebt an zu singen, triffst du nur das Zauberwort.

Die Zeilen unseres großen Dichters Joseph von Eichendorff durchrieselten mich, als sich mir Ingos messianische Großartigkeit endgültig erschloss. Ja, um mich herum versank die Welt in einem gewaltigen Chor von Stimmen, der sich einem fulminanten Ende entgegen schwang. Zunächst war da die treffliche medizinische Diagnose (Dem saß vielleicht nur ein Forz quer!), die ich mir versuchte bildhaft zu machen. Dann der wirtschaftliche Aspekt bei einer Versetzung seines Mitbewohners in einen Offshore Windpark und schließlich die spirituelle Erkenntnis der Selbstvergiftung durch aggressive Wortführung, im Volksmund auch ‚Giftspritzen' genannt. Als ich es schließlich verarbeitet hatte, blieb nur noch eine Frage offen: „Was bitte ist ein Bluesarsch?"

„Das war mir klar, Diedä, dass de das nedd verstanne hast. Ei, das saacht mein Schwaacher als immer, das hat mit Blues nix se tun. Das iss kaan Bluesarsch, das iss en Bluasarsch. Das kommt von blase. ‚Wal, dort bläst er'! Die Fontän die mer als sieht, wann so en Kawenzmann offtaucht. Desweeche nennese doch de Eberl aach Moby Dick! Haste nie de Käptn Ahab gesehe?"

Noch während ich über all das nachsann und versuchte, es mir gefügig zu machen, kam Herr Eberl mit einem ‚Sodele' von seiner Entlüftung zurück, klopfte Ingo freundschaftlich auf die Schulter, als hätte er dessen Plädoyer draußen vernommen und ließ sich in seinen Drehstuhl sinken. Derweil überflog der Messias auf seinem Bildschirm die inzwischen eingegangenen E-Mails. „Es iss nicht se glauwe, was in der korze Zeit schon widder alles offgelaufe iss. Was glauwe die dann, wer das alles lese soll, den ganze Krampf!", echauffierte er sich und fügte hinzu: „Jeder beteilicht jeden cc, vielleicht aach nur um zu zeiche, was er in den letzte zwaa Stund so alles geschafft hat. Oder um sich abzesichern, un sich ned hinnerher anhörn se müsse ‚warum weiß ich da nichts davon', imitierte er jetzt die Stimme des Silberrückens. „Ich möcht als wisse, wie mir das früher gemacht hawwe? Ohne E-Mails und alles! Von was mir heut alles Kenntnis hawwe solle!", philosophierte er weiter und fasste dann eng zusammen: „Der Karre fährt irgendwann vor die Wand! Garantiert!" Die Prognose schwebte drohend über uns, bevor sie der Schwabe zweisilbig pulverisierte: „Ha noi!" Dann verließ er grußlos das Zimmer. Wahrscheinlich blähte ihn die Betrachtung und er wollte sich draußen abermals Luft verschaffen. Kirdorfs Antwort auf all die großen Meister der Zeitgeschichte füllte derweilen Wasser in die Kaffeemaschine und nahm den Faden wieder auf. Offenbar hatte er sein Pulver noch nicht verschossen und rechtzeitig mit der Rückkehr des Zimmergenossen gab er seinem Rededrang nach: „Waasde, Diedä", wandte er sich zunächst an mich, „wann de dir vorstellst, was de heut alles wisse sollst, werds dir schwindlich. Zum Beispiel beim Kauf von em Handy. Da sitzt de en ganze Taach dran, bevor de die verschiedene Funktione aach nur annähernd verstehst. Oder en neue Computer, das iss e Studium! Neulich haww ich mir e neu Autoradio einbaue lasse. Unglaublich, was de da alles programmiern kannst! Mir springe jezz jedesmal die Staumeldunge in die Mussik un ich waas ned, wie ich das abstelle kann! Da wo ich fahr, iss kaan Stau unn die Meldunge tun nur störn!" Jetzt schüttelte er sich kurz und füllte den Kaffeefilter. „Bei meim Handy wusst ich e Zeit lang nedd, wie ich en Anruf entgeje nemme sollt, weil de off em Display nur so rüwwer wische musst, anstatt en Knopp se dricke! Oder nemm so e Foto Bearbeitungs Programm. Wahnsinn! Oder geh emal in de Baumarkt un willst en Kleber kaafe. ‚Ja was wollen sie denn damit kleben? Wir haben da Dispersionsklebstoffe, Haftklebstoffe, Schmelzklebstoffe, Zweikomponentenkleber‘!", imitierte er jetzt einen Verkäufer, der sich in seiner Erinnerung eingenistet hatte. „Dann hat der was von Aushärtung, Diffusion un Klebedichtmasse gebabbelt und hat mich debei ogeguckt, als hätt ich ned alle Kerze im Leuchter. Hinnerher sei ich raus unn hat e Tuub Uhu en de Tasch! Nicht se glauwe! Unn jeder glaabt, er wär e Mords Kartoffel, nur weil er in em ganz winzich klaane, spezielle Arbeitsbereich e bissche Ahnung hat! Vom große Ganze versteht er so viel wie Flieche von Fensterscheiwe!" Hier nahm er die Kanne von der Maschine und belohnte uns großzügig mit einer Tasse seines geliebten Genussmittels.

Herr Eberl, der den verbalen Ausbruch seines Gegenübers gebannt verfolgt hatte, erhob sich einige Zentimeter von seiner Sitzfläche, um sich gleich darauf wieder zurücksinken zu lassen. Dabei ließ er ein ‚Hoppla‘ vernehmen. Vielleicht dämmerte ihm gerade, dass da eine Koryphäe vom Leder zog, die sich sehr wohl die Nägel barfuß schnitt.

„Unn das is ja nur die Spitz vom Eisberg", hatte sich der Begnadete jetzt in Rage geredet, schlürfte an seiner Tasse und zwang die heiße Brühe mit einem Würgen hinab. „Der Irrsinn geht ja noch viel weiter!" Hier schloss er die Augen und sammelte sich. „Stellt euch doch bloß emal vor, mit was mir alles zugemüllt wern: Pin, Puk, Tan, Superpin, Kennwörter, Passwörter, Transponder, Zahlecodes für Eingangsbereiche, Schlüssel für hier un Schlüssel für da. Bei jeder Bestellung im Internet wersde gefraacht, ob de schon Kunde wärst, ansonste brauchste e Passwort un e Kennung. Vor lauter Kennunge kenn ich mich bald selbst nedd mehr! Das iss doch bekloppt! Mir schieße Rakete off de Mond, awwer unser Alltaach hat sich kei bissche verbessert. Die Maschine nemme uns die Arweit weg, awwer se nemme uns kei Arweit ab! Die ganze technische Errungeschaffte hawwe unser Lewe ja nedd einfacher gemacht. Im Gejeteil! Was mir alles wisse, was mir alles könne unn speichern solle. Manchmal wär ich gern im 18. Jahrhunnert, vom

Zahnarzt emal abgesehe, da hattsde noch klare Strukduurn. Heut arweite Mann und Frau, um den ganze Scheiß, wie Waschmaschin un Trockner, die es Lewe eichentlich erleichtern solle, bezahle se könne! Früher hat nur de Mann en Beruf gehabt un die Fraue, so wie mei Mudder, hawwe dehaam die Hose angehabt un de Kram gemanaged. Mein Vadder is noch ze Fuß off die Arweit gelaufe. Ich fahr jeden Taach 30 Kilomeder – einfach, versteht sich! Bis de erschte Grosche verdient is, hab ich schon e paar Euro Miese gemacht. Mein Vadder hat jeden Mittaach dehaam gegesse. Unn gut gegesse, Diedä! Von de Oma gemacht unn von de Mudder serviert! Ich ess heut in de Kantien, unn es Esse werd mer off de Teller geknallt wie an de Gulaschkanon offm Trubbeübungsplatz!", schloss er jetzt endgültig seine Betrachtung und fuhr seinen Rechner herunter. „So, Schluss für heut. Ich hab mich genuch offgereecht, obwohl ichs nedd mehr wollt!", resümierte er, richtete noch einmal die Akten auf seinem Schreibtisch und nahm die ‚Indiana Jones Jacke' vom Haken. Ich ahnte, dass ich nach diesem Vortrag auch nicht einfach an die Arbeit zurückkehren würde. Ich löste mich aus meiner Starre und wandte mich zur Tür. Beim Verlassen des Büros bedachte uns Herr Eberl noch mit einem Vertrauensbeweis sowie einem friedfertigen „Adele!" Sprachlos verabschiedete ich mich in den Feierabend.

Schon am anderen Morgen verlangte es mich nach einer weiteren Dosis der Feldmann'schen Einsichten und so suchte ich den Guru in seinem Ashram auf. Leider vergeblich. Das Büro war verschlossen. Dafür traf ich die Leiterin unserer Abteilung, Frau Grabowski, auf dem Gang, die gut gelaunt in Richtung Teeküche flatterte, sich aber und das zeigt ihre uneingeschränkte Fürsorge für ihr Gefolge, bereitwillig aufhalten ließ.

„Haben Sie Herrn Feldmann heute schon gesehen?", trat ich ihr in die Quere. „Nein, habe ich nicht!", antwortete sie fast entschuldigend, um mich gleich darauf zu ermutigen: „Das muss aber nichts heißen, Herr Nell!" Dabei kicherte sie, sich an ihrem eigenen Gedanken erfreuend, selig ins Fäustchen. War es schon so weit? Hatte sich mein Held die erstrebenswerte Narrenfreiheit erworben, von der er in letzter Zeit gerne fabulierte und galt mittlerweile als unkontrollierbar? Fragen über Fragen, mit denen ich mich geradewegs zu Herrn Wambold in dessen Büro begab. Und welch glückliche Fügung, hier, in andächtiger Stille, ließen sich Frau Mangold, Frau Karazai und Herr Feldmann wieder einmal ihre Lücken in Geschichte füllen. Die Worte ‚Novemberrevolution' und ‚Weimarer Republik' wehten mir entgegen und leise, ohne die Aufmerksamkeit der Pennäler zu stören, reihte ich mich in den Klassenverband ein.

„Setz dich, Diedä, es iss grad intressant", zog Ingo seine Knie zur Seite und schaffte mir den nötigen Platz. Herr Wambold saß mit einer Pobacke auf der Schreibtischkante, stemmte ein Bein auf festen Grund, während er die Fußspitze des anderen Beines spielerisch auf und ab wippen ließ. Dabei schaute er verloren in die Abgründe seiner Kaffeetasse, so, als könne er darin die Daten und Fakten der Geschichte lesen, an denen er sich entlang hangelte und sie für das Auditorium spannungsreich aufbereitete. „... Und haben da, nach einem improvisierten Schauprozess auf der Prager Burg, drei königliche Statthalter 17 Meter tief in den Burggraben geworfen. Die ham zwar all überlebt – awwer so ging das dann los!" Hier geriet er ins Stocken und neigte die Kaffeetasse ein wenig zur Seite. Vielleicht um auf diese Weise weitere Details an die Oberfläche zu fördern. Ich nutzte den trägen Redefluss und fragte meinen Freund leise, wann er denn wieder in seinem Büro sei, ich hätte noch etwas mit ihm zu besprechen. „Ei, vielleicht inner viertel Stund, je nach dem, wie lang das hier noch geht!", beschied er mir freundlich, klammerte sich aber sofort wieder an die Lippen des Dozenten, der sich zwischenzeitlich gesammelt hatte und zu neuen Ausführungen anhob. Leise stahl ich mich aus dem Raum. Vorsichtshalber ließ ich ihm noch eine ganze Stunde Zeit, bevor ich erneut an die Tür seines Tempels klopfte.

Dort prangte jetzt ein Türschild mit der Aufschrift „Institut für Lebensfragen", das, wie sich später herausstellen sollte, Herr Eberl angebracht hatte. „Ooch, loss em doch de Spass!", reagierte mein Freund gleichmütig und forderte mich auf Platz zu nehmen. Herr Eberl war schon unterwegs und so bot sich die Gelegenheit, ein wenig tiefer in die Privatsphäre meines Meisters einzudringen. Doch

Ingo kam mir zuvor: „Unn, Diedä, wie isses?", kam er schnörkellos auf den Punkt und machte sich an seiner Schreibtischschublade zu schaffen. Während ich noch überlegte und in mich hinein horchte, hielt er auch schon eine Ansichtskarte in der Hand.

„Guck emal, die hat mer die Loddi geschriewe. Ich soll dich aach schö grüße. Die Kart war an die Dienststell adressier. Meecht wisse, von wem die die Adress hat?

Ich hab nix rausgegewwe. Es iss ja aach nedd wirklich was passiert! Mir hawwe e bissche Törtcher gebacke, das wars! Nedd mehr! Awwer das kann ja schon zeviel sei!", brachte er mich im Stenogrammstil auf Ballhöhe.

„Was heißt Törtcher gebacke?", forderte ich mehr Transparenz.

„Ei, Törtcher gebacke halt. E bissche rumgeknutscht unn erum geschraubt. Mehr nedd!", verschaffte er mir Einblick in die letzten Stunden des Betriebsausflugs. „Jezz tät se mich gern noch emal sehe. Das is awwer genau das, was ich nedd wollt. Es war en scheene Taach unn dadebei solls aach bleiwe!"

„Und du hast ihr keinerlei Hoffnung gemacht?", drängte ich ihn ein wenig in die Enge.

„Quatsch, ich bin doch mit de Ridda zesamme un das soll aach so bleiwe!"

„Das hat mit de Ridda ja aach gar nix se tun! Unn ich hab aach nix verzählt. Vielleicht hätt ich das mache solle. Awwer es war ja aach ganz schö un sogar e bissche romantisch un da wollt ich die Stimmung nedd verderwe unn hab so e bissche of sentimental gemacht unn so! Ich waas gar nedd, woher die waas, wo ich arweit? Ich hab gesaacht, mir wärn vom Kartografeamt in Bonn!", lächelte er jetzt verständnisinnig. „Die iss noch mit off de Bahnhof in Assmannshause. Ich konnt die oifach nedd abschüttel! Ihr ward ja all schon gefahrn. Unn ich hat ihr gesaacht, hab ich dir ja grad verzählt, mir wärn aus Bonn. Das iss ja genau die anner Richtung!", fuhr er fort und schmunzelte bereits über die noch ausstehende Pointe.

„Ja, und was hast du gemacht?", packte mich die Neugier jetzt fest am Kragen, als ich seine verzwickte Situation erfasste.

„Ei, was wollt ich dann mache, die ließ jo nedd locker unn hing an mir wie e Klett.

Ich hab vor lauter Verzweiflung e Fahrkart für en Zuuch in Richtung Bonn gekaaft. Dann hab ich gessacht, se könnt doch jezz zerigg zu ihre Leut gehn un müsst nedd warte bis mein Zuuch abfahrn tät. Awwer die war hartnäckich wie en Sieweschläfer unn iss mit off de Bahnsteich. Da hamm mir dann e halb Stunn gestanne unn e bissche geknutscht, bis endlich de Zuuch kaam. Zwischezeitlich is aaner am annere Gleis in Richtung Wiesbade abgefahrn, wo ich eichentlich hin gemusst hätt. Ich hätt heule könne!", rekapitulierte er seinen ganzen Schmerz. „Eichentlich wollt ich geje Zwaa dehaam sei! Mei Mudder hat ihrn Siebzichste gefeiert. Unn du waasd ja, wie oft die Züüch am Sonntaach fahrn?", hakte er nach, wohl um sicher zu gehen, dass ich die ganze Tragik der Situation auch wirklich erfasste.

„Das glaub' ich jetzt nicht!", sprudelte ich hervor.

„Ei klar, ich hab gut Mien zum ‚Böse Spiel' gemacht und bin in den Zuuch nach Bonn enei gestieche. Die is aafach nedd gegange, die stand am Bahnsteich wie angewurzelt. Ich hab noch es Zuuchfenster off gemacht unn mit ihr Händche gehalte. Dann fuhr der Zuuch ab unn mir hawwe uns gewunke. Ich glaab, ich hat sogar Träne in de Aache. Awwer nedd weeche dem Abschiedsschmerz. Ich wusst ja, dass ich in Lorch widder heraus musst, un bestimmt zwaa Stunne off de Gejezuuch warte mußt. Das hat se vielleicht falsch interpretiert, mei Träne! Unn desweeche jezz das Kärtche aus de Wetterau!", endete er seine Geschichte und schaute mich schmunzelnd an.

„Unglaublich!", brach es aus mir heraus und am liebsten hätte ich mich ein wenig zu seinen Füßen hingerollt. „Vielleicht hat ja de Bodo de Ingelore, also ihrer Freundin, gesaacht, wo mir tatsächlich arweite, unn die hat's dann de Loddi verzählt, unn daher hat die die Adress", holte er mich zu sich zurück und warb um Zustimmung.

Eine andere Erklärung hatte ich auch nicht parat und versprach, Herrn Wambold noch heute ins Verhör zu nehmen.

„Mienche, rülps noch emual, es roch su goat nua Bruaresuoß", (... es roch so gut nach Bratensoße) versuchte Herr Feldmann eines ihm, in Gegenwart von Frau Karazai, Frau Wolf und mir, entwischtes Bäuerchen zu entschuldigen. Dabei zog er die Mundwinkel routiniert nach hinten und zeigte zur Entschärfung des erfolgten Übergriffs seine Wunderwaffe.

„Ingo, du bist echt ein Ferkel!", reagierte Frau Wolf unerwartet streng und verschwand aus dem Geschäftszimmer, in dem wir gerade gemeinsam Akten durchsahen. Vielleicht nutzte sie auch nur die Gelegenheit, der langweiligen Recherche für einen kurzen Plausch zu entfliehen. Auch Frau Karazai stellte für einen Moment die Atmung ein und ließ nur etwas Unverständliches, vielleicht ein Wort ihrer Muttersprache, in die Außenwelt weichen, schaute dabei aber tapfer und alles verzeihend.

„War das jezz so schlimm, Diedä? Das war doch ka Absicht!", wandte sich der so Gerügte an mich, als Zeugen der Brüskierung. „So saacht mein Schwaacher als, wenn em emal so e Ungeschick passiert. Waasde, der vom Westerwald."

„Naja, die Geschmäcker sind halt verschieden und so ganz fein war das gerade nicht", versuchte ich mich in Diplomatie.

„Mer hängt hier manchmal acht Stunne offenanner, da kannste

dich nedd permanent kontrolliern. Desweeche hab ich zum Hei-
rade aach immer e verständnisvoll Frau gesucht!", beharrte er auf
seinem Recht auf Eruktation und beugte sich über einen vor ihm
liegenden Lieferschein.

„Weiß eigentlich jemand, wer der neue Gruppenleiter IV werden
soll?", fragte Frau Karazai unbestimmt in den Raum. Vielleicht
wollte sie die Situation etwas entschärfen und unseren Liebling aus
der Schusslinie nehmen.

„Das kann ich der saache, Lilo: De Dr. Seelbach von B II U!",
zeigte sich Ingo einmal mehr allwissend. „Und der beißt", schob er
sofort eine erste Prognose nach, die er auch umgehend untermau-
erte. „Das iss en kleine Mann, de Dr. Seelbach. Der iss als Juchend-
licher nedd ernst genomme worn unn iss an keim Türsteher vorbei
gekomme. Das rächt sich später. Kleine Männer un rote Männer!
Un das hat nix mit Diskriminierung se tun! Wann mers aach meine
könnt! Wenn so Leut emal en Poste krieje, dann könne se nerve un
zurück schlaache! Un zwar mit Fleiß! Denkt an mei Worte!" Hier
ließ er uns Zeit, seine Einschätzung zu verdauen. „Guck emal, Lilo,
die Sache hier müsse all fotokopiert wern, das iss genau das, was
mer gesucht hawwe!", war er urplötzlich wieder auf seine Arbeit
fokussiert und entnahm einem Ordner mehrere Rechnungen und
Auftragsbestätigungen. „Awwer bevor de abzischt", wechselte er
erneut und unvermittelt das Thema, „erzähl ich euch noch e schö
Geschicht von kleine Männer!"

„Redet ihr gerade vom Dr. Seelbach?", grätschte Frau Wolf, die
gerade sichtlich erholt zurückgekehrt war, in die Runde und präsentierte damit ihre Kombinationsgabe und weibliche Intuition.

„Em Ella aus L.A. war de Mann gestorwe", schob Ingo seine
Anekdote an, ohne auf ihre Frage einzugehen. Vielleicht war er
noch verstimmt wegen dem ‚Ferkel'. „Das war e groß Tier bei de
Bahn, awwer von Natur aus en arch kleine Mann. Unn wie das
off em Land so üblich iss, hat se ihn im Wohnzimmer offgebahrt
gehabt, damit sich sei Verwandte un Nachbarn noch emal von em
verabschiede konnte. Jezz hatte die in so em enge Fachwerkhaus
gewohnt, off drei Ebene. Die Wohnstub war owe, also in de Mitt
unn die Küch war ganz unne, Erdgeschoss."

„Jetzt kommt doch bestimmt wieder was Versautes, Ingo!", versuchte Frau Wolf nicht nur Kombinationsgabe und Intuition sondern auch Weitblick zu zeigen, wurde aber von dem Erzähler barsch gekontert: „Das hättste gern, Gabi! Kannste vergesse! Der Witz iss absolut stuwerein!

Also, wo warn mer stehn gebliewe?", schaffte er sich eine kurze Denkpause und war gleich darauf wieder bei uns. „Richtich, also, die Küch war unne. Na ja, unn awends kam dann auch es Traudel von gecheüwwer unn wollt em Ella ihrm Mann noch emal die letzte Ehr erweise. Unn da sacht se zu de Ella", hier erbat er sich höchste Aufmerksamkeit und fügte entschuldigend an, dass er jetzt wieder versuchen müsse, den westerwälder Dialekt zu imitieren. „Ei, Ella", hob er erneut an, „wu hossden doa laije?" (Wo hast du ihn denn liegen?)

„Ei, oowe, Traudel, enn de Wuonschdobb, gieh rowwich enoff, awwer mach die Tier hinner der zoa, de Korrer harr en schun zwaamol hej onne en de Kich!" (Na oben, Traudel, in der Wohnstube, geh' ruhig hinauf, aber mach' die Türe hinter dir zu, der Kater hatte ihn schon zweimal hier unten in der Küche gehabt!)

Und was ist reine Liebe?
„Die ihrer selbst vergißt!"
Und wann ist Lieb' am tiefsten?
„Wenn sie am stillsten ist!"

Wie schön hatte der Dichter Friedrich Halm mit diesen Zeilen die aufrechte Liebe bedacht. Und wie seidene Fäden umwebten sie mich, als ich in Frau Karazais Augen blickte, die völlig verständnislos und doch voller Hingabe an Ingos Lippen hafteten. Aber Frau Wolf hatte als echte Hessin die westerwälder Anekdote, die deutlich macht, wie vergänglich Mensch, Titel und Ehren sind, rasch entschlüsselt und sie schließlich der ratlos Schmachtenden übersetzt.

Dienstreise

„So rauscht man durch Zeit und Raum, in einem Zustand zwischen Traum und salopper Katatonie, bis man plötzlich aus einem von unvorstellbar vielen Dimensionslöchern wieder herauspurzelt, an irgendeinen Punkt des Universums. Ich fragte mich, welcher Punkt das sein würde."

(Walter Moers, Die 13 ½ Leben des Käpt'n Blaubär)

Von all den Eindrücken benebelt klemmte ich meine Utensilien unter den Arm und wandte mich zur Tür. „Ach, Diedä, aan Aacheblick noch. Bleib noch emal korz do!", hielt mich Herr Feldmann in der Schwebe, um mich gleich darauf weiter zu schieben. „Bevor de Moby Dick kimmt! Ich soll üwwermorje nach Sigmaringe, weeche dem Ding do, wo de Häbbädd verzählt hat, waasde doch!", hakte er sich bei mir unter und lenkte mich in Richtung seines Büros. „Na ja, unn de Häbbädd meint, ich sollt noch jemand mitnemme. Am beste de Eberl, weil der doch von do unne wär, hat er gesacht." Jetzt hielt er kurz inne, trat zwei Schritte zurück auf den Gang und prüfte die Lage. Dabei bog er den Oberkörper weit nach hinten und drehte den Kopf von links nach rechts. Die Luft schien rein, im wahrsten Sinne des Wortes, denn er trat ins Zimmer und raunte, dass ‚de Moby Dick nicht im Anmarsch sei' und nahm den Faden wieder auf. „Awwer den Zahn hab ich em gleich gezooche. Vier Stunne mit dem zesamme im Audo. Das kann mer von kaam verlange! Aach ned von mir!", warb er um Verständnis und wusch sich schließlich mit den Worten rein: „Hat er aach gleich verstanne!" Der Allerhöchste, also Herr Bert, hatte ihm also Absolution erteilt. Hier sammelte er sich kurz, um mir gleich darauf die Daumenschrauben anzulegen: „Na ja, unn de Bodo kann nedd, der fliecht am Freitaach nach Fuerteventura!", zog er seine Kreise enger, „Sechshunnertfuffzich Euro, für zwaa Woche, all inklusiv. Wie geht das? Kannste mer das erklärn? Awwer das nur so newebei.

Da kannste nix verkehrt mache, bei dem Preis. Die Rückerstattung von de GEZ-Gebührn für die Zeit hat er auch schon beantracht. Das macht der immer so! Ich käm gar ned off die Idee. Awwer gut, das iss e anner Geschicht. Also Diedä, da hab ich mer gedacht, ob du nedd Zeit unn Lust hättst? Das wär doch prima! Mir Zwaa off de Alb! Das werd bestimmt en Spass!", änderte er jetzt seine Taktik und umgarnte mich geschickt mit dem Faden: „Da hätte mer viel Zeit zum schwezze!"

Das Argument war griffig und der Aussicht auf all das Wissenswerte, das aus ihm herausquellen würde, konnte ich kaum widerstehen. Doch obwohl es mich wohlig durchrieselte, gab ich vor, zunächst in meinem Kalender nachsehen zu müssen.

Zwei Tage später braußten wir gemeinsam in Richtung Süden und unserem Lieblingsthema entgegen. Ingo hielt das Fahrzeug souverän auf der mittleren Spur. „Das schont die Nerve, Diedä!" Kurz hinter dem Frankfurter Kreuz bat er mich, aus seinem Rucksack einen ‚Landjäger' zu klauben und bedrängte mich mit der Frage, ob ich je eine regionale Vorliebe bei der Wahl meiner Freundinnen bemerkt hätte.

„Äh?", fasste ich einsilbig zusammen.

Ich musste Zeit gewinnen! Worauf wollte er hinaus? Doch meine Vorsicht erwies sich als unbegründet. Noch bevor er die Wurst verdrückt und mir die leere Verpackung zur Entsorgung gereicht hatte, offenbarte er mir sowohl seine eigenen erotischen Jagdgründe als auch sein diesbezügliches Brachland. „Waasde, es gibt natürlich Ausnahme und ich kanns aach rational nicht wirklich begründe, awwer so manche Ecke gehe oifach ned. Zum Beispiel Franke, ohne dene Leut, also dem Franke, ze nah trete se wolle, awwer Fränkisch klingt so rustikal, so kantich. Da hör ich als immer de Loddar, de Matthäus, schwäzze!", baute er vergeblich auf meine fußballerischen Kenntnisse. „Geb mer doch grad noch emol so e Wörschtche rüwwer! Sei so gut!", verlangte er Stärkung und deutete mit dem Daumen über seine Schulter hinweg auf die Rückbank, wo in einer Außentasche seines Rucksackes sich tatsächlich noch mehrere dieser Energiestangen ihrem Konsumenten entgegen reckten.

„Auch Sachse is en echte Weichmacher!", gab er zu bedenken, schob mit dem Daumen den Landjäger aus der Verpackung und biss beherzt hinein. Gleich darauf verfiel er wieder gänzlich in seine Muttersprache. „Oder aach die Gejend wo mir jetz hinfahrn, also Schwabe. Beim Moby Dick störts mich nedd emol, wann der anfängt ze schwäbel. Das kann sogar ganz witzig sei. Awwer ich habs ja schon emal gesaacht, wann e Schwäbin anfängt ze schwezze, muss ich sofort an de ‚Seitebacher' denke, unn dann geht nix mehr! Aber gar nichts!", wiederholte er noch einmal die letzten drei Worte auf hochdeutsch. Offenbar wollte er damit die Unverrückbarkeit seiner Aversion zum Ausdruck bringen.

„Jezz emal im Ernst, Diedä, saach du doch aach emal was! Du saachst ja gar nix!", animierte er mich, mein Innerstes nach Außen zu kehren. „Da sinn doch unser Mädcher, also unser hessische Mädcher, also ich maan jezz kaa Schlübbcher, nedd dass mir uns da falsch verstehn, nee, die ganz normale Hessemädcher, Diedä. Das sinn doch Perle! Das sinn doch Juwele! Sowie das Büchelche, dem sich der ei oder annere Leser jezz grad hingibt und dem ich an der Stell emal en korze Gruß zurufe will!", wandte er sich jetzt an mir vorbei, direkt an seine Leser. Mir blieb nur die leere Hülle, die er mir zur Entsorgung vor die Nase hielt. Nach einer Minute des Schweigens schaltete er einen Gang zurück und setzte den Blinker. „Da vorne, siehsdes! Es Hohezollernschloss! Das is Sigmaringe!"

Malerisch, von der Donau umrahmt, trohnte das Schloss im milden Licht der Abendsonne. „Fahrn mer als erschtes in die Pension un gewwe die Sache ab", machte er sogleich Ansprüche auf die Reiseleitung geltend und chauffierte uns über die Donaubrücke zur Altstadt hinein. Unser Hotel erwies sich als eine in die Jahre gekommene Absteige, die es in früheren Zeiten mit seinen Gästen einmal gut gemeint hatte, diesem Anspruch aber nicht mehr gerecht wurde. Über eine kleine Treppe betraten wir den Empfangsraum, der mit seiner dunklen Holzvertäfelung, einigen alten Drucken und den wuchtigen Sesseln einen verbliebenen Rest morbiden Charmes aushauchte. Ingo hatte als erster den Tresen erreicht, legte geheimnisvoll den Zeigefinger an die Lippen und deutete dabei grinsend auf einen rundlichen Alten, der zusammengesunken auf einem

Stuhl saß und sich mit unbekanntem Ziel in seine Innenwelt verzogen hatte. „Oiduseld! Wie mer im Ländle saache tut!", flüsterte er mir zu und zeigte sich verständnisvoll. Wohl auch um sich noch ein wenig an dem friedlichen Anblick zu erbauen. Dem Mann, der in ein verwaschenes Sacko gezwängt war und dem ein fadendünner Speichelfluss aus dem Mundwinkel rann, prangte inmitten seiner Stirnglatze ein himbeergroßer Leberfleck.

Nach einer Weile andächtiger Betrachtung wurde mein Reiseleiter dann doch ungeduldig und forderte mich ernsthaft auf, ‚dem da emal off die Klingel se dricke'. Dabei reckte er sein Kinn in Richtung des wuchernden Blickfangs. Als der duselnde Empfangschef immer noch keine Anstalten machte, uns seine Dienste anzutragen, hieb er mit der flachen Hand auf die auf der Theke stehende Klingel. „Krring", reagierte das Metall artig und riss den Alten augenblicklich ins Diesseits zurück.

„Grias Gott!", sammelte sich dieser Traumwandler und erhob sich augenblicklich von seiner Abschussrampe. „Guten Tag, wir hatten zwei Zimmer reserviert, auf den Namen Feldmann", eilte mein Begleiter dem Erwachten zu Hilfe.

„Aah, Sie sind die Herre aus Wiesbade, ja, jetzet, ja. Oi Momentle no, ich geh' Ihne gschwind voraus un zeiget se Ihne!" Schon hatte er zwei Schlüssel vom Haken genommen und stieg die neben dem Tresen liegende Treppe hinauf. Wortlos folgten wir ihm.

Ein schmaler Gang führte zu unseren Zimmern. In einer Nische, neben einem Fenster, das den Blick in einen Lüftungschacht freigab, warteten ein Canapee und ein davor platziertes Tischen geduldig auf Gäste. „Hier ham mer gern gesesse", raunte mir mein Reiseleiter mit Blick auf das freudlose Arrangement zu und winkelte vergnügt seine Mundwinkel an. Auch die historischen Landschaften, die hier und dort die Wände zierten, luden nicht wirklich zum Verweilen ein. Der Alte trat in eines der Zimmer, an dessen Türschild zu lesen war, dass es sich hierbei um das ‚Donautalzimmer' handelte, schob die Gardine beiseite und öffnete mit gewaltsamem Ruckeln das Fenster. Wohltuend strömte die Abendluft in den Raum. Herr Feldmann schnaufte ein paar Mal hörbar durch. Noch während der Alte das Duschbad und die Toilette präsentierte, wandte ich mich dem anderen Zimmer zu, in der irrigen Annahme, mich hier vielleicht noch verbessern zu können. Gefehlt! Auch das ‚Hohenzollernzimmer' verhieß keine Aussicht auf wirkliche Restauration. Nachdem er auch hier für Frischluft gesorgt hatte, verschwand der schwäbische Dienstleister mit den Worten: „Frühstück hats von Siebe bisch Zehn im Staufersaal. Die Anmeldung machet mir glei no am Empfang!"

„Schwoawesäckel!", entfuhr es Herrn Feldmann missbilligend und nur für mich hörbar, und so wie er das Wort intonierte, gemahnte es an die ausgezeichnete sprachliche Ausbildung, die ihm Herr Eberl tagtäglich zuteil werden ließ. „Der Servicegedanke von dene hier unne gefällt mer gar nedd, der is so unoffdringlich wie em ehemalige Ostblock", wechselte er problemlos ins Hessische und offenbarte gleichzeitig die Nachhaltigkeit des Wambold'schen Geschichtsunterrichts. Hätten wir doch mehr solcher lerneifriger Menschenkinder auf Erden! Dann schüttelte er seinen Vorbehalt gekonnt ab und schaute mir dackelgleich in die Augen. „Was maansde, Diedä, hole mer erscht emal unsere Sache aus em Audo? Danach kanns von mir aus gleich losgehn!"

„So wird's gemacht, Ingo!", antwortete ich ergeben, obwohl ich mich am liebsten ein Weilchen vor ihn niedergekniet hätte.

Durch die fast menschenleeren Gassen der Fürstenstadt tappten wir geradewegs in die Gaststätte Zollerhof. Die gutbürgerliche Stube inspirierte uns Dienstreisende, umgehend zwei Biere und zwei Obstler in Auftrag zu geben, die wir eilig in uns hinein gossen.

Die Speisekarte, auf der ich zunächst ‚astronomischer Service' gelesen hatte, wahrscheinlich war das noch der Feldmann'schen Aussage bezüglich des unaufdringlichen Servicegedanken der Schwaben geschuldet, warb mit ‚Sauere Kutteln', Maultaschen und etlichen Arten der Schnitzelzubereitung. Erst nachdem ich die Karte noch einmal fokussiert hatte, erkannte ich den korrekten Wortlaut der Werbung: ‚Gastronomischer Service'.

„Was sei dann Kuddeln, Diedä, waas du das?", riss mich die Stimme meines Freundes in die Gaststube zurück. „Was, Panse? Das gibts nedd, das gibt mer doch sonst nur de Hund!", geriet er kurzzeitig außer Atem, kräuselte die Oberlippe und zeigte sich angewidert. Dann drang der Alkohol in unser Hirn und tauchte den Zollerhof in ein bernsteinfarbenes Licht.

„Was darf's denn sein? Haben die Herren schon gewählt?", räusperte sich die Bedienung, die unbemerkt neben uns Stellung bezogen hatte und Block und Kuli eilfertig im Anschlag hielt.

„Ei, was muss dann weg!", konterte Ingo schlagfertig, traf mit der ironischen Bemerkung aber nicht das Zwerchfell der jungen Frau, die eher irritiert wirkte, obwohl sie sogar ein weißes Schürzchen angelegt hatte und uns geduldig beriet. Wir entschieden uns für ‚Filettöpfle Zoller Hof auf Käsespätzle' und Ingo zeigte ihr sogar keck seine Zahnlücke.

„Ich dachte, Schwäbinnen hättest du nicht im Fadenkreuz", kitzelte ich ihn, nachdem sie die Bestellung aufgenommen hatte und in Richtung Küche davon geeilt war. Vielleicht würde er mich, so animiert, mit weiteren Ausführungen zu einem höheren Verständnis seiner Neigungen führen.

„Das stimmt, Diedä, grundsätzlich stimmt das, awwer die war doch wirklich goldich! Un da kann ich mich schon emal vergesse un von meim Beuteschema abweiche! Am liebste hab ich awwer, wie chon gesaacht, unser eichene Mädcher, dicht gefolgt von de Saarländerinne!"

Ich horchte auf. Saarländerinnen also auch. Sein Neigungsprofil wurde immer komplexer.

„Waasde, die sin entspannt, hemdsärmelig un feiern gern! Das hawwe die, glaab ich, von de Franzose. Man nennt die ja auch nedd umsonst Heckefranzose! Hinnerm Haus darfste bei em Saarländer nadierlich nedd gucke! Awwer wenn gefeiert wern soll, sind se dabei! Und se tun fürs Lewe gern schwenke!"

„Was tun die gern?", horchte ich nach und hoffte, er würde meinen sexuellen Phantasien noch tieferen Nährboden geben.

„Schwenke! Kennste das ned? Ei, Schwenkbrate, off so em schwenkbare Rost! Ich war emal dienstlich ins Saarland abgeordnet, da gabs das als. Die hatte sogar e taktisch Zeiche dafür und hawwe, wann se sich verabred hawwe, immer die Hand so hüfthoch üwwerm Bode hin und her geschwenkt. So als tätsde en Berhardiner streichel! Dann hawwe se nur noch de Taach oder die Uhrzeit gerufe. Da wusst dann de Anner Bescheid. Unn jeder von dene hat aach so en selbst gebaute Rost dehaam gehat. Jeder! Unn was für Dinger. Na ja, unn vor lauter schwenke und feiern hätt ich bald emal in die Eck enei geheirat! Tatjana hieß se!"

„Und woran ist es gescheitert?"

„Das kannste mer jezz glaawe oder ned, awwer die hat so e bissche gemöbbselt. Ganz eichenardich. Ich kanns gar nedd richtich erklärn. Bei em Brate tät mer saache, der hat Hautgout."

„Ja wie? Wie Mundgeruch?", versuchte ich mir eine genauere Vorstellung herzuleiten. Aber der Schwenkbratenliebhaber hielt bereits die Augen geschlossen und holte so seine nasalen Erinnerungen magisch zurück.

„Na, Diedä, mehr so de ganz Körper, verstehsde? Me muss es geroche hawwe!" Hier zog er abermals die Oberlippe ein wenig nach oben und bereitete die zarte Abneigung, die ihn damals zur Flucht bewogen hatte, ähnlich wie bei dem Gedanken an saure Kutteln, mimisch auf. Offensichtlich war diese Tatjana in einen Concon einer eigenwilligen Ausdünstung gehüllt gewesen.

„Nedd, dass se gestunke hätt, Diedä! Das wär dem Mädche Unrecht getan. Stinke kenn ich, das iss noch emal anners! Nee, oifach so e bissche gemöbbselt. Also für mich speziell, verstehsde? Ich konnt die nedd so gut rieche! Dir hätt das vielleicht gar nix ausgemacht!", stellte er meine Wahrnehmung kurzerhand in Frage, um gleich darauf noch einmal den zuvor vergebenen „zweiten Platz" der Saarländerin zu legitimieren.

„E echt Mädche! Nedd off de Kobb gefalle, korrekt, ehrlich, sah gut aus un aach sonst. Gute Maniern unn so. Die wusst aach außerhalb vom Saarland ze gefalle, verstehsde? Unn sauwer war se aach! Nur dem Gemöbbsel wurd se oifach ned Herr!" Hier schloss er seine Ausführungen und wandte sich lächelnd der Bedienung zu, die gerade die Filettöpfle auf uns zu balancierte. „Aach, das sieht ja emal gut aus, Frollein! Unn dann auch noch so artistisch serviert! Als hätte sie schon emal beim Roncalli gearweit!" Ingo parierte das irritierte Lächeln der jungen Frau mit einem: „Nee, nee, war nur en Spass! Mir nehme noch so zwei Zoller Bier! Gell Diedä, du nimmst doch aach noch eins!" Entschlossen presste er die Neige hinab und reichte ihr den geleerten Krug.

„Von weeche Sauberkeit, wo mers grad dadevon hatte. Ich hat do emal so e ‚Begegnung der dritten Art‘!", beugte er sich näher an mich heran und sah mir eindringlich in die Augen.

„Das bleibt awwer unner uns, Diedä!", instruierte er mich streng, seine intimsten Erlebnisse unbedingt für mich zu behalten. Verzeih‘ mir Ingo aber ich finde, diese Erfahrungen gehören unbedingt einem breiteren Publikum zugänglich gemacht. Gerade die Jugend kann hieraus ihre Schlüsse ziehen und sich so vielleicht besser gegen die Unwägbarkeiten der Zukunft rüsten.

„Ich hat emal, es iss schon mehr als zwanzich Jahr her, e Techtel Mechtel mit Aaner aus de Palz. Die hat ich in Freinsheim off er Kerb, wie die da saache, kennegelernt. Die war vielleicht se rollich, das glaabsde nedd. Ich awwer aach, muss mer fairerweise saache! Jedenfalls sinn mir aus em Festzelt enaus, zack, in en Feldweech enenn unn in so en Gardeschuppe! Stockdunkel wars! Na ja, was soll ich saache? Hinnerher hatt ich Filzläus! Hab‘s nadierlich erst e paar Taach später gemerkt, als ich widder dehaam war. Kannsde der das vorstelle? Ich war grad emal Zwanzich, also noch in vielem unoffgeklärt. Ich wusst mer nedd ze helfe. Zum Dokter konnt ich nedd gehn, ich kannt ja die ganze Arzthelferinne in all den Praxe in de Umgewung, unn so en Befall bleibt ja nedd geheim. Das war mer vielleicht se peinlich! Also, was sollt ich mache?", spannte er den Bogen jetzt noch ein Stück weiter und quälte mich mit einer extra langen Atempause. „Was hättst du dann gemacht, Diedä?" Auswandern? Selbstmord? Ich wusste es nicht und blieb die Antwort schuldig!

„Dann hatt ich die Idee! Ich hab ja so e bissche mit Schweißfüß ze tun und nemm da degeje ‚Fußfrisch'. So e Spray! Da iss Formalinalkohol drin! Dademid hat mer früher Leiche gewasche. Ob mer die heut noch damit wäscht weiß ich nedd. Off jeden Fall zerstört das Zeuch sämtliche Keime unn Bakterie unn hält mer so die Füß in Schuss. Das Zeuch leecht so en Film üwwer die Haut un erstickt quasi alles im Keim. Unn da hab ich gedacht, vielleicht hilft es ja auch geeche die Viecher da an de Weichteile! Ich wills abkürze", entschied er sich jetzt leider gegen die ‚Long Version' und kam direkt auf den Chemiewaffeneinsatz zu sprechen. „Jedenfalls hab ich so e richtich Ladung abgefeuert. Viel hilft viel! Üwwerall. Dann hat's so drei, vier Sekunde gedauert. Unn dann gings los! Diedä, ich saach ders, ich dacht mir verätzt es die gesamt Unnerleibsregion. Ohne Uuz, das hat gebrannt wie Höllefeuer", ging er ins Detail, ohne näher zu erläutern, woher er die genaue Kenntnis über die im Hades herrschenden Temperaturen hatte. „Ich bin durch die Bud gehüppt wie en Flummy unn hab mer die Nüss gehalte. Ich saach der weiter nix! Haste den Film ‚Apocolypse Now' gesehn? This ist the End! Die Amis, die Lumpe, mit ihrem ‚Agent Orange', dem Sauzeuch! Das alles ging mer in dem Moment durch de Kopp!" Hier warf er wohl einiges durcheinander, griff aber entschlossen zum Krug und leerte ihn in einem Zug, so als wollte er das ganze Erlebnis final hinunterspülen. Dann rappelte er sich noch einmal hoch und grummelte mir ein ‚soviel zu de Palz' entgegen. Von der Geschichte, die ich hier als ‚Directors Cut' wiedergebe, war ich wild bewegt.

Ungestüm rüttelte sie an meinen Grundfesten. Sollte ich los kreischen? Oder hatte jemand der übrigen Gäste unser Gespräch

belauscht und würde meine mangelnde Kontenance am Ende missbilligen? Noch bevor ich mich für eine würdige Reaktion entschließen konnte, kam er zum Nachspann. „Des beste war, Diedä, es hat geholfe! Ich hab die Prozedur noch drei-, viermal wiederholt, dann warn se fort! Endgültich!" An dieser Stelle hauchte mich ein Grimm'scher Geist boshaft an und ich musste kurz der Bremer Stadtmusikanten gedenken: ‚Einen besseren Ort als diesen finden wir allemal!' Das werden sich wohl auch die Filzläuse gedacht haben. Noch bevor meine Einbildungskraft weiter mit mir dahin segeln konnte, befahl er mich zurück an die Leine. „Mer müsst tatsächlich en Artikel ins Apothekerheftche setze: ‚Lausfrei ohne Arztbesuch'!" Hier hatte er nun endgültig sein Pulver verschossen und streckte der Bedienung mit letzter Kraft einen erhobenen Zeigefinger entgegen. Ich nutzte die Gelegenheit und entschied mich, eventuelle Zuhörer zu ignorieren und selig drauflos zu glucksen! Ingo, for President! In Gedanken verneigte ich mich ergeben!
„Mir täte gern zahle, Frollein!", wandte er sich der ‚goldichen Schwäbin' zu und ich unterwarf mich ohne Murren seiner Aufbruchstimmung. „Oder hättst du noch was trinke wolle? Mir müsse ja aach morje früh raus", gemahnte er an unseren dienstlichen Auftrag, „da iss besser mir sinn fit!" Ohne meine Antwort abzuwarten, schob er vierzig Euro über den Tisch und richtete im Aufstehen Hemd und Hose. „Leg du noch Dreißich droff, dann stimmts!", demonstrierte er einmal mehr, dass er jederzeit Herr der Lage war und auch hier an der Donau alles unter Kontrolle hatte. „Der Rest iss für Sie, Frollein, unn noch en schöne Abend! Bei so einer Bedienung kommt mer gern widder!", schalmeite er noch durch die Gaststube, um gleich darauf in seiner ‚Indiana Jones Jacke' zu verschwinden.
Anderntags stand er pünktlich um acht Uhr im Staufersaal, der von der Größe her eher an Ingos frühere Einzelhandelsnische erinnerte, also wenig mit einem Saal im eigentlichen Sinn zu tun hatte, grüßte mich kurz und umschlich sogleich das Büffet. „Na ja, Hauptsach koi Kuddeln!", kommentierte er das spärliche Angebot lapidar und entschied sich dann für mehrere Scheiben Jagdwurst, Salami und Käse. Wortlos bestrich er zwei Brötchenhälften mit

reichlich Butter und belegte sie anschließend mit dem gehamsterten Aufschnitt. Dann klappte er die Hälften wieder aufeinander. „Das mach ich immer so, wenn ich unnerwegs bin. Ich kompensier quasi die mangelhaft Qualität durch Quantität!" ‚Quasi' war zwischenzeitlich zu seinem Lieblingswort gereift, denn er nutzte es zu allen erdenklichen Gelegenheiten und auch ich muss gestehen, es mehr und mehr lieb gewonnen zu haben.

„Grüß' Gottle, wollet die Herre Kaffe oder Tee?", trat jetzt der Empfangschef vom gestrigen Abend an uns heran. Wir entschieden uns für Kaffee mit Milch und Zucker.

„Das iss en Allrounder!", urteilte Herr Feldmann knapp, nachdem er den offensichtlich variabel einsetzbaren Dienstleister etwas abseits von uns an der Kaffeemaschine werkeln hörte. „Ich tät gern wisse, ob der nur angestellt iss oder ob dem der Schuppe gehört. Das gibst doch nedd, der iss ja vierundzwanzich Stunne off de Baa." Hier setzte er die Zahnlücke präzise auf die Falte der oberen Brötchenhälfte und riss sich ein Stück der üppigen Kreation heraus. „Prima, so geht's!", schien er plötzlich zufrieden mit dem jungen Tag. „Nachher bei der Firma müsse mer offpasse, dass mer aach alle Unnerlaache mitnemme. Der Haller war am Telefon gar nedd so begeistert", brachte er das Gespräch auf die vor uns liegende Aufgabe und mit einem Mal beschlich mich das Gefühl, in eine Falle getappt zu sein. „Wieso, ich dachte, das ist alles klar! Reine Routine!", drängte ich ihn ein wenig in die Enge, denn sein Bissen wollte nicht hinab und Ingo spülte mit einem kräftigen Schluck Milchkaffee a la Donautal nach, der auch als Durstlöscher getaugt hätte. „Fi ja, es iss ja aach eigentlich kei groß Sach nedd, es iss nur weje dem Haller, der stellt sich so e bissche off die Hinnerbaa. De Bodo hat's aach schon mit dem gehabt. Awwer eigentlich iss es koi Problem", rangierte er zurück, nutzte aber erneut das unheilschwangere Adverb. Misstrauisch suchte ich Klarheit: „Das Wort *eigentlich* gefällt mir nicht, Ingo. Du eierst rum! Komm einfach auf den Punkt!", wurde ich streng, aber Ingo stimmte mich geschickt friedlich, indem er bei dem Allrounder zwei neuerliche Durstlöscher in Auftrag gab.

„Es iss im Prinzip alles geklärt. Der Haller iss oifach en Kümmel-spalter, en richtiche Arschpickel! Awwer vielleicht kannst du ja viel besser mit dem unn es wird üwwerhaabt kaa Problem!", fuhrwerkte er weiter herum und ich wußte, dass nicht viel mehr aus ihm heraus zu holen sein würde.

„Adele und machetses gut!", rief uns der Verwandlungskünstler noch nach, der jetzt wieder, wie von Geisterhand verwandelt, in die Rolle des Rezeptionisten geschlüpft war. Schon hatten wir die ,Pension mit dem unaufdringlichen Servicegedanken' hinter uns gelassen und steuerten geradewegs auf das nächste Abenteuer zu. Ich öffnete das Seitenfenster und atmete durch!

Herr Haller, dessen gerötetes Gesicht eine sogenannte Knollennase oder auch Rosenfinne prägte, erwies sich tatsächlich als der Kümmelspalter, als den ihn Ingo zuvor typisiert hatte, tat aber, nachdem er seine Ratschläge auf fruchtbarem Boden wähnte, wie von uns erhofft. Daher konnten wir schon nach drei Stunden zurück ans Tageslicht und gaukelten zufrieden der Bert'schen Revision entgegen. Da mich die Hauterkrankung des Buchhalters nachhaltig bewegte, fragte ich meinen Begleiter, ob ihm ebenfalls die großporige Nase aufgefallen sei und ob er wisse, woher so etwas kommt.

„Jezz denk emal nach, Diedä! Wie sah dann die Nas aus?", drehte er den Spieß kurzerhand um und ließ mich rätseln. Mir fiel nicht mehr dazu ein, als die Backen aufzublasen und ein ,Mmh' zu artikulieren.

„Ei, ganz oifach – wie en Destillierkorke!" Zuhause brachte ich in Erfahrung, dass die großporige Missbildung in Hallers Gesicht nicht zwangsläufig auf exzessiven Alkoholkonsum zurück zu führen sei und mein Freund den Buchhalter leichtfertig diskreditiert hatte, brachte es aber nicht übers Herz, ihn darauf hinzuweisen, erheiterte mich doch der Vergleich mit dem Destillierkorken zu sehr.

Ode an die Hessin

„So wie ein Mensch, am trüben Tag, der Sonne vergisst,
sie aber strahlt und leuchtet unaufhörlich,
so mag man Dein an trübem Tag vergessen,
um wiederum und immer wiederum
erschüttert, ja geblendet zu empfinden,
wie unerschöpflich fort und fort und fort
Dein Sonnengeist uns dunklen Wandrern strahlt. "

(Christian Morgenstern)

„Waasde, Diedä, um das noch emal zum Abschluss ze bringe: Es gibt in jeder Region, Mauerblümche, Goldknöpp un Fackele, awwer für mich geht oifach nix üwwer unser eichene Mädcher. Hier dehaam, also in Hessen! Ich hab mich ja, wie gesaacht, aach überregional orientiert. Selbst in Potsdam war ich emal wildern. Das Mädche hatt ich bei em Urlaub an de Müritz kennegelernt. Die war noch ordentlicher als ich, unn das will was heiße, du kennst mich? Die hat sogar die Moddeblättcher datiert. E Preußin halt! Die hat immer e Handtuch mit in de Schlafsack genomme, wenn mir da nei gekrabbelt sinn. So sauwer und aach vorausschauend war die!"
„Wie, Mottenblätter datiert?", schüttelte ich meine Nachbetrachtung zu Herrn Haller kurzerhand ab und kehrte noch einmal zu der peniblen Buchführung seiner Urlaubsbekanntschaft zurück.
„Ei, die hat es Datum off die Moddeblätter geschriewe! Ich war live dabei! Die hat off jedem Moddeblatt, das se in de Schrank gehängt hat, es Datum notiert, damit se genau wusst, wann se die Blättcher widder geeche neue austausche musst bzw. wann die verfalle unn in de Wirkung nachlasse. Die wär was für de Haller gewese!", führte er mich wieder zurück zu dem Bürovorsteher, nur um

mich gleich darauf wieder von ihm fort zu reißen.

„Ordnung is gut un schön, awwer wann de vor lauter ordne, nummeriern unn vorsorje nedd mer zum Vergnüche kimmst, werds anstrengend! Die hat aach jeden Scheiß problematisiert. Eimal hat se mit mir ‚Ich sehe was, was du nicht siehst‘ spiele wolle. Gut, haww ich gesaacht, dann fang du an. Un waasde, was die da gesaacht hat?“, zerrte er einmal mehr an der Sehne des Spannungsbogens, nahm den Blick von der Fahrbahn und schaute mich listig an: „Ich sehe was, was du nicht siehst unn das bin ich!“

‚Genial‘, durchfuhr es mich, behielt diesen Gedanken aber für mich. Gerne hätte ich die preußische Ordnungshüterin selbst einmal zu dem Thema befragt. Aber schon geigte mir Ingo seine Sicht der Dinge ins Ohr: „Die war hell im Kopp, witzich unn alles, awwer mir war das auf Dauer oifach ze anstrengend unn ze kompliziert!“

„Verstehe!“, heuchelte ich, in der Hoffnung, ihm weitere Glanzlichter entlocken zu können. Aber meine Resonanz drang nicht zu ihm durch. Selbstvergessen, ja geradezu paralysiert, hielt er seinen Blick auf die Fahrbahn gerichtet. Erst als ich ihn fragte, ob er denn auch schon einmal in Bayern Erfahrungen sammeln konnte, perlte es plötzlich wieder aus ihm heraus.

„Ja, auch, Bayern darf bei so einer Orientierungsstudie nadierlich nedd fehle. Awwer nedd das hier en falsche Eindruck entsteht. Die Studie“, und hier musste er jetzt wohl über seine eigene Formulierung schmunzeln, „war ja üwwer ca. fünfundzwanzich Jahr angeleecht. Nedd das du hier e falsch Bild von mir kriechst und denkst ich wär en emotionale Vielfraß oder en pathologische Herzensbrecher. Im Geecheteil, ich konnt halt keiner wehtun und hab daher nedd immer gleich die Wahrheit gesacht“, übernahm er geschickt und fachübergreifend seine Verteidigung und Psychoanalyse. „Iss ja jezz aach egal, wo warn mer stehn gebliewe? Richtich – Gerlinde Gruber, auch ‚Lin‘ genannt, aus Herrsching, am Ammersee! Die hatt ich off em Lehrgang in Brühl kennegelernt. Bei de BAköV!“ Prüfend schaute er zu mir herüber und erfreute sich an meinem verständnislosen Blick. „Bundesakademie für öffentliche Verwaltung, Diedä!“, brachte er mich auf Stand, nur, um mir die Institution im nächsten Atemzug auszureden, „brauch kein Mensch, außer vielleicht de Bärlauch! Auf jeden Fall stand das Ganze, also mit de Lin, von Anfang an unner keim gute Stern. Das is derartich in die Hos gegange, ich weiß gar nedd, ob ichs verzähle soll. Na ja, dir kann ichs ja saache, es bleibt ja unner uns!", wähnte er sich auf sicherem Terrain und schaltete den Tempomat ein. Wahrscheinlich brauchte er all seine Sinne für die Erinnerung an den Ammersee.

„Ich hattse, wie gesaacht, in Brühl off em Lehrgang kennegelernt, unn es hat aach gleich gefunkt. Wie das so iss! Unn nach dem Lehrgang bin ich dann enunner, nach Bayern, unn hab se besucht. Die hat bei ihrer Mudder mit im Haus gewohnt, von daher war das e größer Sach. Ich hab also e gut Hemd unn en Schlips angezooche unn hab für die Mudder e paar Blümcher besorcht. Die musst ich ja irjendwie geschmeidich mache! Mein ganze Kram, also mei Reisetasch, e Flasch Sekt unn die Blumme, hatt ich im Kofferraum verstaut. Ich hatt mir für den Zweck sogar von unserm Gitarrist es Cabrio geliehe. Das hätt ich besser nedd gemacht! Awwer wie's so iss, ich bin direkt vors Haus gefahrn unn da stand se auch schon am Gardetor unn hat off mich gewart. Ich eraus unn nach em erschte Hallihalloo bin ich hinner an de Kofferraum und hab die Sache rausgeholt. Unn wie's de Teuwel will, ich hab ja nur zwei Ärm, hab beim Schnappe von dene Sache versehentlich de Schlüssel in de Kofferaum geleecht unn mit em Kinn unn mit einer Hand die Kofferraumklapp zugedrückt. Ich dacht, ich hätt es Schlüsselmäppche im Mund, awwer das wars Etui von de Sonnebrill. Unn als wär das alles nedd genuuch – mein Schlips hing auch noch drin, im Kofferraum. Kannste dir vorstelle, wie dämlich das aussah, Diedä?", fragte er ohne wirklich eine Antwort zu erwarten und beschrieb stattdessen eindrücklich seine artistische Einlage.

„In einer Hand hatt ich die Blumme, in de anner die Reisetasch unn de Sekt, unn in de Zähn hat ich es Brilleetui. Dadebei hat mich de Schlips in de Hocke gehalte. Ich hab den nicht eraus gekriecht. Nicht ums verrecke! Das wär was für die versteckt Kamera gewese! Die Linn hat ihr Mudder gerufe und die hat dann e Scher geholt unn mich los geschnitte, sonst tät ich heut noch da hocke. Später hamm mer dann noch jemand geholt, der de Kofferraum widder offgemacht hat. Es war so peinlich, es hat mer den ganze Besuch vermiest. Na ja, unn an die Erodig war auch erst emal nedd se denke! Kannsde dir ja vorstelle! Da wirst de ja nedd potenter von, von so em Offtritt!"

Hier schloss er seinen Vortrag, schaltete einen Gang zurück und überholte einen vor uns her fahrenden Getränkelaster. „Der nervt seit Albstadt", begründete er sein Überholmanöver und war genauso zügig wieder zurück bei den Herausforderungen der Zweisamkeit.

„Ich hab mit meiner Ridda e gut Los gezooche unn bei der bleib ich aach", schaffte er jetzt elegant die Kehre zurück in die Heimat. „Gut, es gibt die Momente, wo mer emal abgelenkt wird unn vom rechte Weech abkomme kann, awwer das sind absolute Ausnahme un solles aach bleiwe! Wie sacht de Häbbädd als immer: ‚Freispruch, bei vorsätzlicher Tatprovokation!' Off jeden Fall, Diedä unn das iss mein volle Ernst, gibt's bei uns in Hesse oifach die beste Mädcher! Da geht nichts drüwwer! Wer hier nicht fündich werd, der kanns abhake!", konstatierte er patriotisch, bevor er relativierend ergänzte: „Klar, wann de dich verknallst, is der Drops sowieso gelutscht! Da könne se von sonstwo her komme, die Girls. Wann de die ‚Rosa Brill' off hast, bist de nicht zurechnungsfähich unn schon gar ned urteilsfähich! Awwer was is denach, nach em Verknalltsein? Wenn es Dopamin oder Serotonin oder wie das Zeuch all heißt, das da in de Blutbahn für Irritatione sorcht, wenn das widder raus is, aus'm Kreislauf, was is dann?" An der Stelle sog er noch einmal Frischluft durch die Mundwinkel, bevor er seine Argumentationskette endgültig durch mich hindurch rasseln ließ: „‚Ri, Ra, Runkel, im Hinkelarsch ess dunkel', saach ich da nur! So siehts aus, Diedä! Unn nedd anners!"

Umgarnt von seinem eigenen Resümee schaltete er das Radio ein und so als wollte das Gerät seine Betrachtungen untermauern, erklang die nasale Stimme von Percy Sledge. Ingo erfasste sofort die Wehklage dieses Klassikers der Musikgeschichte und jaulte die Anfangszeilen ergeben mit: ‚When a man loves a woman, he can't keep his mind on nothing else.'

Verliebt lehnte ich mein Haupt an's Seitenfenster des Dienstwagens, lauschte der Intonierung der beiden Sangesbrüder und bedachte zufrieden die Erkenntnis, mich quasi seit meiner Geburt in dem Dorado der ‚Erodig‘ tummeln zu dürfen. Der Gedanke, dass die beiden an genau der gleichen Stelle eine Zahnlücke schmückt, geriet dabei fast zur Nebensächlichkeit.

Zu guter Letzt

Mein besonderer Dank gilt den Protagonisten selbst, insbesondere Herrn Feldmann, die mir die Steilvorlage zu diesem Bändchen gegeben haben (give me five!). Des Weiteren bedanke ich mich bei Herrn Carl Eduard von Corth für sein treffliches Vorwort, Herrn Marko Ferst für die Textbearbeitung und geduldige Beratung, Frau Anne Hertzberg und Herrn Siegbert Paul für die Korrektur der Manuskripte.

Inhalt

Dieter Nell, Jahrgang 1955, geboren und aufgewachsen in Ehringshausen, Lahn Dill Kreis. War lange Zeit am Rhein-Main-Flughafen beschäftigt. 1991 Studium der Finanzwirtschaft, an der Fachhochschule des Bundes in Münster/Westfalen. Realisierte verschiedene Musikprojekte (Liedtexte, Gitarre, Gesang), zwei Plattenproduktionen mit bekannten Frankfurter Musikern. Lieder wurden im Hessischen Rundfunk gespielt. Nell ist verheiratet und hat zwei Kinder. Nach einem mehrjährigen Auslandsaufenthalt lebt er jetzt mit seiner Familie im Taunus.

Kontakt: dieter.nell@gmx.net

Die Ostroute

Erzählungen

Andreas Erdmann, Marko Ferst, Monika Jarju u.v.a.

256 Seiten, Edition Zeitsprung, 2014

Der Band beginnt und endet mit einer Erzählung über Wölfe. In der einen werden sie gnadenlos verfolgt, in der anderen sorgt ein Rudel weißer Tundrawölfe für arktische Jagdszenen. Andernorts kommt eine Ostroute ins Spiel. Wir erfahren mehr über das Schicksal eines jungen Rauschgiftkuriers im Iran, wie über seinen Lebensweg der Stoff der Stoffe richtet. Ein Ostseesturm sorgt für eine risikoreiche Segeltour. Von allerlei sonderbaren Abwegen weiß die Erzählung „Genervtes Anstehen für Liebe" aus Bulgarien zu berichten. Zur Sprache kommen die Erfahrungen von Heimkindern in der frühen Bundesrepublik. Grenzübertritte zwischen Ost und West und deren Folgen sind im Blick zweier anderer Beiträge. Wie man ganz legal schwarzfährt, erläutert Johannes Bettisch. Was passiert, wenn man ganz unerwartet von seinem chinesischen Firmenpartner zum Tanz aufgefordert wird?

Der Band enthält Erzählungen von Ali Amini, Johannes Bettisch, Andreas Erdmann, Marko Ferst, Elisabeth Hackel, Karin Heinrich, Monika Jarju, Tengis Khachapuridse, Norbert Klatt, Christine Koch, Carmen Mayer, Heide Rabe, Hans Sonntag, Dimil Stoilov, Lore Tomalla, Günter Wirtz, Gisela Witte und Angelika Zöllner.

Fünfzehn Tritte

Kurzgeschichten

Rainer Daus

128 Seiten, 2019

Ein Lastwagenfahrer überlegt, mit Hilfe der russischen Mafia seine Frau los-
zuwerden, weil sie nur noch zetert, keift und nervt. Ein kleiner Junge aus armen Verhältnissen bekommt unverhofft ein grünes Fahrrad von einem fremden
Mann geschenkt. Oder da ist ein Scharfschütze, der nicht schießt, weil er jenen,
den er erschießen soll, kennt. Das sind nur drei Beispiele aus dieser Sammlung
von Kurzgeschichten. Oft spiegeln sie brutale, mitunter ungewöhnliche Situationen wider. Erzählt wird alles in einer harten, direkten und schnellen Sprache.

Autorenwebseite: https://rainer-daus.de/

Außerdem erschienen vom Autor:
Rainer Daus Brandts Schuld. Erzählung, 116 Seiten, 2020
Rainer Daus: Die Jungfrau aus dem Norden. Gedichte, 124 Seiten, 2019
Rainer Daus: Der tiefe Fall des Wolfram Harth. Drama, 80 Seiten, 2020

Frisch aus der Feder

Kurzgeschichten querbeet, gewürzt mit Humor

Heike Wiezorek

140 Seiten, 2020

Erleben Sie einen Urlaub an der holländischen Küste. Heimlich organisiert der Ehegatte eine Geburtstagsfeier, doch seine Frau flirtet für einen Moment mit einem anderen Mann, kann sie sich doch so einiges nicht erklären. Ein Spukhaus fördert ungeahnte Geheimnisse zutage. Ist es ein Aprilscherz oder doch ein Banküberfall? „Lust auf mehr" gibt so einiges über das Liebesleben preis. Der Herrgottsdackel sucht nach neuen Opfern, wen wird es treffen? Eine Maus in der Küche, die die Enkel heimlich mitbrachten, versetzt eine Oma in Panik. Heike Wiezorek schrieb bisher schon drei Gedichtbände. Auf Wunsch ihrer Kinder entstand nun ein Band mit Kurzgeschichten: spannende Krimis, humorvolle Fabeln, nachdenklich machende Erinnerungen an die Nachkriegszeit und Berichte über Reiseabenteuer. Lustige Oster- und Weihnachtsgeschichten runden das Ganze ab.

Leseprobe, Inhalt: www.literaturpodidum.de
Kontakt und bestellen: felixmartingutermuth@gmx.de

Bis dein Blick Meer wird

Gedichte

Ulrich Grasnick, Günter Kunert, Sigune Schnabel
Henry-Martin Klemt, Charlotte Grasnick, Marko Ferst, u.v.a.

412 Seiten, 2019, 14,90 €

In der frischen Brise kurven Möwen über Dünen und Meer hinweg. Viel Weiß verbrauchte Caspar David Friedrich für seine Kreideküste. In einem weiteren Gedicht bricht die brennende Takelage des Winters herunter, umkreist von Rottgänsen. Farbige Versprechen tauchen beim Mexikanischen Totenfest auf, neue Kleider werden geschenkt. Ein Traumdetektiv geht auf die Suche. Patagoniens Puma und die Ruta 40 bekommen ihren Auftritt, Andengipfel. Für die Mutter will jemand kochen in einem syrischen Garten mit Datteln, wenn der Krieg vorbei ist. Blaue Pausen fallen in das Meer der Töne, Debussy verzaubert mit Flöten die Hörer. Krakauer Tauwetter, jemand spielt auf einer geraubten Trompete. Wie könnte Frühlingsluft durch die Flure der Zivilisation wehen? Der Müggelsee lädt zu einer Dampferfahrt ein. Grafiken von Dorothee Arndt illustrieren den Band. Das Köpenicker Lyrikseminar mit der Lesebühne der Kulturen Adlershof ist seit weit mehr als vier Jahrzehnten eine Institution. Für diesen Gedichtband wurden zahlreiche Gäste dazugeladen.

Leseproben: www.umweltdebatte.de